AF222357

Nolwin B. Kellam

Wir

Ein Märchen aus der
Zukunft für die Jetzt-Zeit

IMPRESSUM

Bibliografische Information der Deutschen Nationalbibliothek:
Die Deutsche Nationalbibliothek verzeichnet diese Publikation
in der Deutschen Nationalbibliografie;
detaillierte bibliografische Daten sind im Internet über
https://dnb.dnb.de abrufbar.

© 2023 Nolwin B. Kellam
Herstellung und Verlag: BoD – Books on Demand, Norderstedt
Gestaltung: Designzeit
Illustrationen: Nolwin B. Kellam

ISBN 978-3-7578-6872-7

Es wird einmal ein junger Frühlingsmorgen sein zu einer Stunde, wenn die meisten Menschen warm unter ihren Decken eingekuschelt noch schlafen. Yasha ist wach. Sie zieht sich eine leichte Wolljacke über und schleicht auf leisen Sohlen aus dem Haus. Auf der Schwelle hält sie inne. Die Frische der verblassenden Nacht trifft auf ihr Gesicht. Vom Boden steigt eine pfeffrige Feuchtigkeit, die sie genüsslich mit geschlossenen Augen einatmet. Einmal. Zweimal. Dreimal. Mittlerweile ganz wach geworden, flaniert sie barfuß entlang des grasbewachsenen Weges und spürt bewusst das Streicheln an ihren Fußsohlen: Tausendfach kribbelt's und weckt's ihre Sinne. Sie fröstelt – der Boden ist noch richtig kalt aber in ihm ist der universelle Lebenspuls deutlich zu spüren.

Die hohen Gräser um den Teich schenken ihr einige ihrer Nachtperlen. In feinen Kaskaden rollen sie über ihr Gesicht, während sie den hinteren Gartenteil erreicht, wo ein flacher Stein, der vor langer Zeit dort seinen Platz eingenommen hat, zum Sitzen einlädt. Yasha liebt es, ihm einen frühmorgendlichen Besuch abzustatten und von da aus den Sonnenaufgang zu erleben. Als Gruß streichelt sie seine raue Oberfläche und setzt sich hin, um sich ein weiteres Mal am Erwachen der Natur zu erfreuen: Die Amseln übertönen einander, die Spatzen piepsen, die Meisen flattern von Baum zu Baum und die Fische springen immer wieder kurz aus dem Wasser. Vom nahe gelegenen Weiher quaken die Frösche. Welch eine Freude, mitten in diesem frühlingshaften Treiben zu verweilen – im Schoß der sich langsam zurückziehenden Dunkelheit aufgenommen zu sein. Rundherum wirken unaufhörlich die unsichtbaren Kräfte, die die Üppigkeit der Natur erschaffen. In jener Zeit ist es für die Menschen normal, mit den Elementarwesen und den Erdenergien zu kommunizieren und zu kooperieren. Wie in ihrer frühen Kindheit voller Staunen und Bewunderung fühlt sich Yasha in der Natur ganz aufgenommen – als eines unter vielen anderen Geschöpfen! Mit geschlossenen Augen genießt sie diese Augenblicke der Intimität und wird still. Ein tiefer Frieden breitet sich in ihr aus.

Die Sonnenstrahlen, die ihre Augenlider jetzt streicheln, holen sie in die Wirklichkeit dieses Tages zurück, der, wie sie weiß, viel Spannendes verspricht. Die meisten Sterne haben sich in die Unendlichkeit zurückgezogen, während sich der Himmel in seinen zarten Tagesfarben zeigt. Bald heben sich die dunklen Baumsilhouetten vor der aquamarinen Klarheit des Himmels ab, und der Garten findet wieder zu seinen Farben zurück – zu einer Palette aus zarten Grüntönen, die die Feuertupfen der Tulpen, die türkisfarbigen Klecksen des Vergissmeinnichts und die Karminnote der ersten Mohnblüten zum Leuchten bringen. Mit langsamen Schritten kehrt Yasha zum Haus zurück, bückt sich hie und da, atmet den Duft eines Krauts tief ein oder bewundert die Schönheit eines sich öffnenden Blumenkelchs. Zum morgendlichen Grußritual gehört ihre dreifarbige Katze Miatsu, die um ihre Beine schleicht.

Jetzt ist die Zeit gekommen, zur Eröffnungsfeier loszugehen. Djomur, Yashas Herzensfreund, lächelt sie an. Mittelgroß und schlank – er hat einen weißen Salwar Kamiz aus Seide mit Goldstickereien angezogen, der seine dunkle Haut, seine grauen Augen und seine dunkelbraunen Haare besonders zur Geltung bringt. Yasha trägt eine weiße Bluse mit pastell-grünen Borten und einen weiten smaragdgrünen Rock, der bei jeder Bewegung ihre Beine streichelt. Dazu passend hat sie feine goldgrüne Stiefeletten ausgesucht und die allerersten Rosen aus dem Garten in ihre zu einem Dutt gebundenen Haare gesteckt.

»Du siehst wunderschön aus«, sagt Djomur und gibt Yasha einen lauten Kuss auf die Lippen. »Gehen wir?«

»Gehen wir!«

hier hat eine feine Schwingung. Wenn die Türen sich heute Morgen öffnen, duftet der Innenraum, der in ein zugleich beruhigendes und erfrischend wirkendes blaues Licht getaucht ist, nach Zitrusfrüchten. Reihen von nachtblauen Stühlen bilden einen Halbkreis um die Bühne unter der Kuppel und stehen auf jeder Seite des mittleren Gangs. Ein weißes Tuch wurde im hinteren Bereich gespannt. Große Bergkristalle funkeln entlang der durchsichtigen Außenwand. Sie dienen der Harmonisierung der Energien – genauso wie wunderschöne Amethystdrusen. Jeder Stein hat seinen Namen, seine Persönlichkeit und seine besondere Rolle. In ihrer Nähe gedeihen prächtige Farne.

Die Menschen strömen grüppchenweise ein, bald sind alle Stühle besetzt. Kein Fremder hier. Im Gegenteil verbindet eine starke Zuneigung alle Anwesenden. Es werden überall Grüße ausgetauscht, es wird eifrig zugewunken. Ibella und Losenn rufen Yashas Namen aus den hinteren Reihen. Sie schickt ihnen Luftküsse, die ein breites Lächeln auf ihre kindlichen Gesichter bringen. Alle unterhalten sich fröhlich.

Einige Personen aus dem Rat der Frauen und dem Rat der Männer steigen auf die Bühne. Langsam wird es im Raum still. »Liebe Anwesenden, wir heißen euch im *Pavillon der Harmonie* willkommen! Wir freuen uns, dass wir so zahlreich hier zugegen sind, denn die Eröffnung der Jahrhundertfeier der Großen Wende findet heute statt – hier wie überall auf der Erde. Dies ist wahrlich ein sehr großer Augenblick!«

Lomus' Stimme schwingt voller Feierlichkeit. Aus der fünften Reihe sieht Yasha, wie seine Augen die Sprache der Freude sprechen. »Zum Anfang lade ich euch zu einer Zeit der Stille ein, um uns zu zentrieren und unsere Verbindung zu Mutter Erde, zum Kosmos und zu sämtlichen Lebewesen sowie zu allen Menschen, die sich heute aus dem gleichen Grund versammeln, erneut zu spüren.«

Unter der Kuppel erklingen jetzt sanfte kristallene Töne. Eine intensive Stille steigt aus der Tiefe jedes Einzelnen und umhüllt die Anwesenden, einem edlen Mantel gleich.

Nachdem die Musik verklungen ist, steigt eine Gruppe aufgeregter Kinder in Begleitung von Manija, einer fünfundzwanzigjährigen Frau, auf die Bühne. Die jüngsten Kinder sind kaum älter als sechs, die größten haben die Pubertät noch nicht ganz erreicht. Sie stellen sich in zwei Gruppen auf – links das Orchester, rechts der Chor – und warten mit ernster Miene auf das Signal. Manija nickt kurz, vom Orchester erklingen die ersten Noten, der Chor folgt bald nach. Mit Leidenschaft und Konzentration geben Mädchen und Jungen ihr Bestes. Manche Musizierende zeigen ein Gesicht, das vor Aufregung rot angelaufen ist, andere pressen die Zungenspitze zwischen ihren Lippen, andere wiederum sitzen auf ihren Stühlen sehr aufrecht. Heute führen sie ein Stück auf, das sie extra für diese Gelegenheit komponiert haben.

Gesang, Musik im Allgemeinen, Tanz, Sport und Kunst sind feste Bestandteile des Lebens in der Föderation und stehen allen von frühester Kindheit offen. Nicht nur öffnen sie grenzenlose Erforschungs- und Entfaltungsmöglichkeiten, sie unterstützen den Austausch, begünstigen den persönlichen und kollektiven Ausdruck und dienen als Forschungsmittel. So ist Kunst Teil jeder Versammlung, was auch immer ihr Gegenstand sein mag, und führt oft – bei bester Laune – zu neuartigen Lösungen oder Entscheidungen.

Musiker und Chor erhalten tosenden Beifall. Nach ihnen tritt eine Gruppe Gaukler auf gefolgt von Naima, einem Vierzigjährigen aus dem Dorf der Ameisen, der ein Zauberkunststück vorführt. Abschließend bietet ein junges Paar vom Dorf der Kolibri ein wunderschönes Gesangsduo.

Erst wenn der Applaus nachgelassen hat, kommt Lalla nach vorne. Groß, schlank, mit melierten Haaren, spricht sie mit klarer Stimme. »Heute gedenken wir zum ersten Mal der Ereignisse, die unsere heutige Gesellschaft mit ihren Grundprinzipien der Liebe und Achtung vor dem Anderen und vor allen Lebensformen auf der Erde möglich gemacht haben.« Ihre Worte sind mit einer kaum merkbaren Spur von Schmerz verwoben. Sie gehört nämlich zu den Ältesten, die die schweren Zeiten des Übergangs erlebten.

Nacheinander sprechen die vier Frauen und die vier Männer auf der Bühne ein Wort der Begrüßung und Einleitung. Djomur sitzt auf seinem Stuhl sehr aufrecht, seine Aufmerksamkeit völlig auf die Sprecher konzentriert. Yasha beobachtet zudem die Reaktionen im Publikum.

Sehr würdig in ihrem langen cremefarbenen Kleid mit goldener Moiré-Struktur schließt Ohena diesen ersten Teil der Veranstaltung ab. »Manche unter euch fragen sich wahrscheinlich, warum wir so lange gewartet haben, um die Geburtsstunde unserer Gesellschaft zu feiern. Die meisten internationalen Beratungsausschüsse, zu denen wir auch zählen, sind der Meinung gewesen, dass wir Zeit brauchten, um die neue Wirklichkeit in uns und in den Boden zu verankern, individuell und gesamtgesellschaftlich. Die Umbrüche waren tiefgreifend, und wir mussten zuerst die überholten Denk- und Handlungsmuster endgültig hinter uns lassen.«

Sie blickt auf die aufmerksamen Gesichter vor sich und lächelt. »Unsere Ältesten haben die vorherige Welt gekannt und werden ihre Erinnerungen später aufleben lassen, da die Alte Welt für die meisten von uns mittlerweile dem Reich der Legenden angehört. In unserer örtlichen Föderation schien es uns sinnvoll, diesen Tag den in der Zwischenzeit erzielten Fortschritten zu widmen. Wir laden euch also zu einem ganz besonderen Erlebnis ein – zu einer Zeitreise. Wir werden aber nicht wie sonst in Gedanken reisen, sondern mit Hilfe einer Technik, die im zwanzigsten Jahrhundert Kino hieß. Damals wurden bewegte Bilder mit einer sogenannten Filmkamera und verschiedenen Tonaufnahmegeräten hergestellt. Die so produzierten Filme wurden von unseren Vorfahren auf eine spezielle weiße Fläche projiziert, die sie Leinwand nannten. Eine solche Leinwand haben wir im hinteren Bühnenbereich aufgestellt sowie einen ebenso alten Projektor hinter euch oben.«

Alle Köpfe drehen sich zu einem großen dunklen Gerät, das an der hinteren Wand auf einer Bühne steht. »Ich gebe zu, die anstehende Reise stellt eine Herausforderung dar und die Bilder, die wir zu sehen bekommen werden, sind nicht alle schön – weit davon entfernt. Empfangen wir sie trotzdem mit Mitgefühl, denn sie erinnern uns an eine nicht so weit entfernte Zeit. Wie wir alle wissen, entwickelt sich volles Bewusstsein durch die Auseinandersetzung mit dem Dunklen in uns und um uns! Vielleicht wäre es jedoch ratsam, die jüngeren Kinder nicht dabeizuhaben, weil die Filmvorführung sie schockieren könnte. Eine Betreuung ist für sie draußen vorgesehen. Vielen Dank, dass ihr euch auf diese Abenteuer zusammen mit uns einlasst!«

Im Saal haben Ohenas Worte eine kaum merkbare Anspannung gepaart mit echter Neugier hervorgerufen. Yasha wiederum ist auf die Reaktionen des Publikums sehr gespannt, auf ihre eigenen ebenso. Den Film kennt sie, weil sie an seiner Produktion beteiligt war, während die meisten Menschen im Raum bislang ausschließlich in Gedanken in die Vergangenheit der Neuen Welt gereist sind. Die Betrachtung von Informationen, die vor dem inneren Auge auftauchen, unterscheidet sich von der Ansicht bewegter Bilder auf einer äußeren Projektionsfläche genauso stark wie die Entscheidung, sich unter süßes Duschwasser zu stellen, von der Erfahrung, an einem Wintertag von einem eiskalten Regenguss erwischt zu werden!

Die Everitwände verdunkeln sich langsam, und es wird still. Bald ertönt ein ungewöhnliches Brummen im Raum, und ein Lichtstrahl breitet sich auf einmal vom Projektor zur Leinwand über die Köpfe hinweg aus. Im Publikum ist ein überraschtes »Oh« zu hören. Manche sind vom Geschehen über ihren Köpfen fasziniert, andere geben, ganz aufgeregt, ihren Sitznachbarn mit leiser Stimme technische Erklärungen. Die ersten Bilder werden nun auf der Leinwand sichtbar. Yasha lehnt sich zurück.

Vor ihnen erscheint ein Mann mit dunklen mandelförmigen Augen, der langsamen Schrittes durch einen Wald geht und sich als der Erzähler vorstellt. »Shima!«, rufen die Jüngsten mit einer Stimme. »Der sieht aber komisch aus!« Manche lachen, andere betrachten die Leinwand mit offenem Mund und verstehen nicht recht, was ihr geliebter Mentor da will.

Gut sieht Shima aus! Er hält sich aufrecht und würdevoll in seinen perfekt geschneiderten Kleidern, seine langen schwarzen Haare glänzen im Sonnenschein. Früher wurde dieses Kleidungsstück Frack genannt und war schwarz – Shimas »Frack« ist dagegen schillernd weiß, genauso wie sein Zylinder. Mit tiefer, weicher Stimme richtet er sich jetzt ans

Publikum. »Ich freue mich sehr zu wissen, dass ihr alle dabei seid, voller Neugier und bereit, unsere gemeinsame Vergangenheit zu erkunden. Eine Vergangenheit, die noch so nahe ist und doch schon so fremd! Eine Vergangenheit, die das Aufblühen unserer Gegenwart dank dem Einsatz von ein paar hunderttausend mutigen Menschen ermöglicht hat.«

Shima, ganz Schauspieler, hält kurz inne, bevor er mit ernster Miene weiterredet. »Ich lade euch ein, mich in die Vergangenheit von vor hundert Jahren zu begleiten. Für euch Kinder ist sie eine weit entfernte Zeit. Für die Ältesten unter uns – eine Erinnerung. In der Sprache der Sterne und Planeten – kaum ein Flügelschlag. Dies ist die Relativität der Zeit... Zu diesem Zeitpunkt erlebte unser Planet äußerst dunkle Tage, niemand wusste, ob das Wort Zukunft für die Menschheit noch einen Sinn ergab. Für uns schwer vorstellbar! Jedoch gehört diese Phase auch zu unserer Geschichte.«

Inzwischen hat Shima den Wald verlassen und tritt näher zu einer komplex aussehenden Vorrichtung, die aus Metall, Rohren, Kabeln und einer Art Everit besteht. Er streichelt das Kuriosum. »Dies ist eine Zeitreisemaschine, die ich vor dem Abwracken gerettet habe. Sie stammt aus einem Gebiet, das man früher Norditalien nannte, wurde im zwanzigsten Jahrhundert nach der alten Zeitrechnung gebaut und ist absolut zuverlässig. Ihr verdanke ich das körperliche Reisen durch die verschiedensten Zeiträume. Bis gleich!«
Er steigt in die Maschine ein, zieht sich einen Gurt an, schließt die Tür und winkt kurz, bevor er in einem blauen Blitz verschwindet. Ein paar Augenblicke lang bleibt die Leinwand samtschwarz. Das Publikum hält den Atem ein.

Bald erscheint Shima wieder, in der Hand eine Art Stock mit Kugel, den er vor dem Mund hält. »Hallo, liebe Freunde. Könnt ihr mich hören? Ich bin also in der Alten Welt angekommen. Ziemlich dunkel hier, nicht wahr? Zunächst müsst ihr wissen, dass ich in der Hand ein Mikrofon halte, das in der alten Kinotechnik zu Tonaufnahmen diente.«
Dabei schüttelt er das Mikrofon mit der Freude eines Kindes, das ein

neues Spielzeug entdeckt.»Eigentlich ist es technisch gesehen nicht sehr kompliziert hierherzukommen. Die meisten von euch könnten leicht das erforderliche Wissen erwerben. Eine solche Reise geht aber nicht ohne Unsicherheiten. Zunächst, weil alles hier dichter ist als bei uns – die Körper, die Luft. Die Mentalitäten sind gröber, das Essen meist auch … Wenn man sich in der Alten Welt bewegt, ist es schwierig, sich unsere Welt der Zukunft vorzustellen, obwohl uns letzten Endes nur eine dünne Zeitmembran trennt.«

Er schüttelt kurz den Kopf und springt zur Seite, um einem Fahrrad auszuweichen.»Außerdem ist die Ankunft selbst nicht ohne Risiko! Ihr konntet sie nicht sehen – sie war richtig chaotisch und gefährlich. Überall bewegen sich in der Luft und auf den Straßen Metallobjekte mit einer Affengeschwindigkeit. Schrecklich! Wisst ihr, ich bin mitten in einer Großstadt, so wie wir sie nicht mehr kennen, gelandet.«

Auf der Leinwand zeigt sich das auf den Straßen herrschende Durcheinander, kunterbunte Fahrzeuge bewegen sich in allen Richtungen und halten – so wie es aussieht – nie an oder nur für kurze Augenblicke an den Kreuzungen. Als guter Pädagoge gibt Shima die Namen der verschiedenen Transportmittel an: Flugzeuge am Himmel, Autos und Motorräder auf den Straßen, Fahrräder auf den Fahrradstreifen, usw. Darüber hinaus sind Straßenbahnen und Züge unterwegs. Wie primitiv im Vergleich zu den Beförderungsmitteln der Neuen Welt – so formschön, sauber und geräuschlos!

Etwas später zeigt sich der Hafen mit seinen vielen dickbäuchigen Schiffen. Überall sind schrille, quietschende und dröhnende Geräusche zu hören, die die gewohnte Ruhe im *Pavillon* durchdringen. Jetzt schreit Shima ins Mikrofon:»Eins habe ich noch nicht erwähnt – den Gestank, der sich hier überall bemerkbar macht. Ich kann ihn euch nicht durch Mikro oder Bild schicken. Seid froh! Ihr würdet vom Stuhl fallen! Falls ihr trotzdem erfahren möchtet, wie es hier riecht, dann könnt ihr mit einem oder einer unserer Gedächtnishüter eine kleine Reise entlang der Zeitlinien unternehmen.« Er grinst. Ein Murmeln durchzieht das Publikum wie eine sanfte Welle.»Armer Shima. Was er alles für uns in Kauf nimmt!«.

Yasha kann die schlechten Gerüche, von denen Shima spricht, sehr wohl in ihrer Nase wahrnehmen. Sie ist nämlich eine der Gedächtnishüterinnen der Föderation – eine anspruchsvolle Aufgabe, die ihre unersättliche Neugier stillt. Yashas Rolle besteht darin, die gesamte Vergangenheit der Erde zu erkunden, um die unzähligen Fragen der Menschen zu beantworten, die diese Begabung entweder nicht besitzen oder daran kein Interesse haben. Die Auskünfte werden für die persönliche Lebensaufgabe oder im Privatleben gebraucht, wobei zu dieser Zeit der Übergang von dem einen Lebensbereich zum anderen sehr fließend ist: Jeder verfolgt seine Lebensaufgabe seinen Begabungen entsprechend und bleibt so im Fluss seiner Leidenschaften.

Yashas Arbeit ist nicht einfach, da sie eine Vielfalt von vergangenen Ereignissen erleben muss, ohne ihre Neutralität dabei zu verlieren, obgleich die Menschen oft von Betrug, Hass oder dem Wunsch, andere zu erdrücken und zu zerstören, beherrscht waren. Yashas Angaben werden anschließend in die riesigen Speichersysteme eingegeben, die Ingenieure ständig weiterentwickeln. Wer weiß, wozu ein Detail aus der Jungsteinzeit oder aus dem antiken Theben eines Tages dienen kann?

Shima kommt jetzt zum Kern der Sache und stellt die Lage auf der Erde vor hundert Jahren ohne Beschönigung dar. Abwechselnd zeigt er Bilder, liefert Erklärungen und, was besonders interessant ist, lässt Zeitzeugen zu Wort kommen. Die Feststellung eines Mannes, eines Philosophen, wie Shima klarstellt, erschüttert mehr als einen seiner Zuhörer: »Meiner Meinung nach basiert unsere gegenwärtige Gesellschaft auf Angst – Angst, die an uns gestellten Erwartungen in der Schule, zu Hause, in den Unternehmen oder als Bürger nicht zu erfüllen. Auf jeder Ebene gibt es Strafmaßnahmen, die je nach Grad der Verfehlung mehr oder weniger schwer ausfallen.«

Gezeigt werden außerdem verschmutzte Flüsse, an deren Oberfläche Fische bäuchlings abdriften, Berge von unzerstörbaren Kunststoffen am Rande von unzähligen Städten oder mitten im Ozean, illegale Deponien, niedergebrannte Wälder, in denen nur noch die Schreckgestalten gequälter Stämme zu sehen sind und auf der anderen Seite äußerst üppige

Waldgebiete, die von lauten und stinkenden Maschinen – sogenannten Bulldozern – niedergemetzelt werden. Überall herrscht eine unglaubliche Gewalt gegen die Natur! Yasha empfindet zutiefst in ihrem Inneren diese vorsätzliche Zerstörung und schüttelt sich unmerklich. Um sie herum erschaudert das Publikum bei der Entdeckung einer nie geahnten Wirklichkeit. Viele Menschen halten sich die Hand vor den Mund und können dem Spektakel vor ihren Augen kaum Glauben schenken. Hie und da sind Ausrufe der Fassungslosigkeit zu hören.

Jetzt kündigt Shima die Trance einer Schamanin aus der Mongolei an. Ihr verrunzeltes, asiatisch anmutendes Gesicht nimmt zunächst die ganze Leinwand ein, bevor sie in Gänze erscheint. Sie trägt bunt schillernde Kleider und einen auberginefarbenen Turban um den Kopf. Der Scharfsinn in ihren Augen springt über auf das Publikum, eine Verbindung des Bewusstseins jenseits von Raum und Zeit unmittelbar erschaffend. Sie sitzt am Fuße eines Hügels vor einem Feuer, wirft Pulver in die Flammen und schließt ihre Augen. Nach kurzer Zeit erfasst sie ein langer Schauder, der von der Basis der Wirbelsäule bis zum Scheitel emporsteigt. Noch zerknitterter als zuvor spricht sie nun wieder mit dunkler, langsamer Stimme:»Meine Kinder, meine lieben Kinder!«
Wie ausgelaugt hält die Stimme inne:»Heute will ich, muss ich, mit euch reden, ich als eure Mutter. Ich, die ich euch alles gebe, damit ihr hier existieren könnt – eure Körper, eure Haare, euer Blut, eure Zellen. Alles. Andauernd. Alles, was ihr esst, alles, was ihr trinkt, alles, womit ihr euch kleidet, alles, woraus ihr eure Häuser baut, alles, absolut alles ist mein Geschenk an euch!
Ihr wisst, wer ich bin, nicht wahr?
Ich bin eure Mutter, die Erde.
Aber ich kann nicht mehr.
Ihr habt vergessen – oder vergessen wollen –, dass ihr lediglich einen verschwindend kleinen Teil meiner Kinder darstellt. Ihr benehmt euch wie Egoisten, wie eigensinnige und blinde Bengel und Gören. Ihr seid von Habgier zerfressen!«
In dem zarten Körper der alten Schamanin findet das planetarische Bewusstsein, dem in der Neuen Welt so viel Beachtung geschenkt wird,

seinen kraftvollklaren Ausdruck. Mit der Erhabenheit eines breiten Stroms fließt es und fördert zutage, was die meisten Menschen dieser Zeit ignorieren wollten – aus Faulheit, Bequemlichkeit oder Feigheit.

Die zahlreichen Ausflüge Yashas in die Vergangenheit haben sie gelehrt, dass diese egozentrische Betrachtung der Welt vor allem von den Völkern stammte, die sich als *zivilisiert* bezeichneten und die die Bewohner anderer Regionen des Planeten verachteten – sie sogar als *unterentwickelt* abwerteten. Tatsächlich konzentrierten die *Zivilisierten* die Macht und den Reichtum, den sie übrigens oft bei den *Unterentwickelten* durch den Abbau von wertvollen Rohstoffen schöpften, in ihren Händen und taten ihr Möglichstes, damit jene nie das gleiche Entwicklungsstadium erreichten. Schuld an den vielen Umweltverschmutzungen, der Waffenherstellung und der Zerstörung des Planeten waren hauptsächlich die von den *Zivilisierten* propagierten Dogmen. Eine wahre Plage für das Überleben des Planeten!

In Yasha erblüht ein Gefühl tiefer Verbundenheit mit der alten Frau, die offensichtlich zu den unterentwickelten Völkern gehörte. Auf einmal wird der Redefluss unterbrochen.

Unter der Kuppel herrscht konzentrierte Stille.

Immer noch in Trance bekundet die Alte langsam: »Täuscht euch nicht! Ein riesiger Tsunami baut sich momentan auf. Schwarz, das Wasser, voller Abfall. Es glänzt, von eurem Hass schwarz geworden.

Von eurer Arroganz, von eurer Wut und von eurem Hass auf andere Menschen schwarz geworden.

Von eurem Hass mir gegenüber schwarz geworden.

Dies sind starke Worte, ja – und so wähle ich sie auch aus!«

Sie pausiert für einen kaum merkbaren Augenblick, bevor sie kundtut: »Zurzeit sieht die Oberfläche noch ruhig aus. Täuscht euch aber nicht – das Wasser speichert eure ganze Arroganz, eure Wut, euren Hass, die ganze Umweltverschmutzung, alles. Wasser ist ein wunderbarer Speicher für alle Informationen. Wundert euch also nicht, wenn diese Welle euch eines Tages überrollt. Nicht weil ich mich rächen möchte. Dafür liebe ich euch zu sehr. Ihr werdet sie zum Rollen bringen, weil ihr euch nicht mehr leiden könnt und weder den Mut noch die Demut besitzt, dies anzuerkennen! Ihr flüchtet lieber nach vorne. Wie lange noch? Wacht endlich auf, bevor es endgültig zu spät ist!«

Die Stimme von Mutter Erde drückt tiefe Traurigkeit und Müdigkeit aus, die bis ins Innerste der Zuschauer dringen. Sichtbare Bestürzung ist auf den Gesichtern zu lesen.

Die Leinwand verdunkelt sich kurz, bevor Shima wieder in Erscheinung tritt, sein Mikrofon in der Hand. Erleichterung im Saal. Nun ist er – wie viele Männer jener Zeit – mit einer Jeans und einer Lederjacke gekleidet und besucht mehrere sogenannte primitive Völker, die der Natur nahe geblieben waren oder einst hoch in die Berge flüchten mussten, um das Wissen ihrer Ahnen zu bewahren. Für die Seele ein echter Balsam, ihre Weisheit zu empfangen!

Die Atempause ist allerdings nur von kurzer Dauer. Bald werden weitere Problemlagen dicht hintereinander vorgeführt: die Situation der Frauen, Kinderschändung, Kriege, Gewalt zwischen Männern und Frauen – sie wurde Patriarchat genannt -, Ausbeutung der Arbeitnehmer durch ihre Arbeitgeber, Sklavenhandel, Freiheitseinschränkungen. Shima zeigt außerdem die Gewalt, die sogenannte demokratische Staaten gegen ihre Bürger anwandten, obwohl die Staatschefs, die dies veranlassten, von ihren Mitbürgern gewählt worden waren. Die erschütternde Ungleichheit zwischen den Reichen und den Armen. Der Film dokumentiert schließlich, wie die Kinder der *Zivilisierten* in lieblos gestalteten Räumen ganztägig zum Lernen gezwungen wurden.

Yasha zuckt zusammen. »Wie konnten sie bloß überleben?«, denkt sie, als ein schöner Jüngling von circa fünfzehn Jahren vor eine Gruppe Jugendlicher tritt, die unter einem Baum in einem Park steht. Mit kristallklarer Stimme singt er:

Die Wälder sterben
Die Flüsse sinken
Die Luft stinkt
Die Zeit drängt
Was macht Ihr jeden Tag?
Wenn wir protestieren
Sauberes Wasser verlangen
Frische Luft fordern
Neue Maßnahmen erwarten
Schaut ihr auf uns herab
Sagt, wir seien manipuliert

Sind wir nicht aber die Vernunft?
Sind wir nicht aber die Zukunft?

Wer manipuliert?
Ignoriert die Lage?
Macht einfach weiter?
Denkt immer nur an Profit?
Wenn wir protestieren
Drängt ihr uns wieder in die Schulen
Stoff weiter zu lernen
Der uns gar nicht interessiert
Trotz Gehirnforschung stur
Büffeln, unkritisch bleiben

Sind wir nicht aber die Vernunft?
Sind wir nicht aber die Zukunft?

Ja, wir verlangen
Sauberes Essen
Und auch süße Luft

Ja, wir träumen
Von Frieden und Natur
Unberührt, Ehrlichkeit
Und Respekt sollen uns leiten
Hoffnung, Freude, Arbeit,
Die wir lieben, Freiheit, Gleichheit
Flache Hierarchien
Ist das zu viel verlangt?

Denn nur wir sind die Vernunft
Denn nur wir sind die Zukunft

Den Refrain singen die anderen Teenager mit Inbrunst und großer Leidenschaft mit. Ein schöner Anblick, der einen warm ums Herz werden lässt! Yasha lächelt. Erneut verdunkelt sich die Leinwand. Shima schweigt.

Nach einer langen Stille ertönt eine männliche Stimme in der weiter anhaltenden Dunkelheit. »Lieber Mensch, kannst Du das tiefe Ungleichgewicht der Welt spüren? Das dich viel stärker erdrückt als die Finsternis, in der du dich befindest?

Hast Du dich schon gefragt, woher es stammt?

Je nach deiner politischen, philosophischen oder religiösen Orientierung fallen dir bestimmt tausend Erklärungen ein …

Die Antwort ist gleichwohl einfach und hart: Wir alle tragen die Verantwortung dafür – weil wir uns voneinander und von der Natur getrennt haben. *Jeder für sich und Gott für uns alle* ist mittlerweile passé.

Für jede, für jeden unter uns.

Für uns alle.«

Die warme, ruhige, betont neutrale Stimme lädt zur Meditation und zur Innenschau ein. Woher kommt sie? Wem gehört sie? Keiner weiß es. Die Stimme hallt im Raum wider, kraftvoll in ihrer Körperlosigkeit. »Lieber Mensch, du erliegst dem Eindruck, dass es momentan keine Möglichkeit gibt, aus dieser Sackgasse herauszukommen. Dennoch bist du von Grund auf gut und träumst von einer faireren Welt für dich, deine Familie, deine Kinder und die, die dir nahestehen. Vielleicht auch für die Umwelt, die Tiere und für Menschen in weit entfernten Ländern. Fühle diesen Wunsch in dir, tief in deinem Herzen verankert.

Ein starkes, von einem tiefen Wunsch erfülltes Herz ist eines der Hilfsmittel, die du auf dem Weg zu einer neuen Welt brauchst. Das andere ist das klare Bewusstsein, dass sich die Welt in einer Sackgasse befindet, in der wir uns alle befinden, in der du ebenfalls steckst.

Nimm jetzt eine wohltuende, neutrale Position ein und wende anschließend deinen Blick in die Sackgasse, die wir zurzeit erleben. Setze dazu deine ganze Konzentrationsfähigkeit und deinen Willen ein. Beschuldige niemanden, betrachte, beobachte, fühle sie bis in all deinen Zellen. Auch wenn diese Betrachtungsweise schmerzhaft ist, liegt im Fühlen der Schlüssel zu jeder wahren Transformation!«

Die von der Leinwand verströmte Stimmung ist düster und für das Publikum, das in einer Welt der Freude, der gegenseitigen Unterstützung und der Herzlichkeit lebt und Meinungsverschiedenheiten innerhalb der Föderationen per Konsens schlichtet, kaum zu ertragen.

Die Stimme zählt nun alle nicht erfüllten Bedürfnisse der Menschen jener Zeit auf, wie genug zu essen und zu trinken zu haben, Schutz und Anerkennung zu erfahren. Ein sinnerfülltes Leben zu führen. Geliebt, respektiert, gesehen und gehört zu werden. Das Bedürfnis, seinen Begabungen Ausdruck zu verleihen und Zukunftsperspektiven zu haben.

Sie stellt eine Verbindung zwischen all diesen Defiziten und der Gewalt in den Gesellschaften des einundzwanzigsten Jahrhunderts her und erklärt, dass »die angehäuften Frustrationen immer nach einem Ausweg suchen.« Die Stimme nutzt Momente der Stille, um die Botschaft an Weite gewinnen zu lassen, nicht unähnlich den konzentrischen Kreisen, die der fallende Stein an der Oberfläche des Teichwassers zeichnet. Unbeirrt setzt die Stimme die Zerlegung der alten Wirklichkeit fort.

»Fühle den Schmerz, deinen eigenen, den der Menschen und den des

Planeten. Im Herzen. Im Bauch. Im Becken.

Fühle die Spannungen in deinem Körper und zwischen den Menschen, fühle das Misstrauen.

Fühle den Druck, den wir uns auferlegen.

Als Gesellschaft. Als Einzelperson. Du musst, musst, musst – ich muss, muss, muss ...«

Schmerzerfüllte Pause im Redefluss.

Yasha weiß um die Wichtigkeit dieser Rede, die den Weg fürs Weitere bereitet.

Werden alle, die den Film sehen, die unglaubliche Tragweite der kommenden Worte wahrnehmen?

Fast zärtlich setzt nun die körperlose Stimme wieder ein: »Wenn du wirklich in dich hinein hörst, erklingt eine andere Stimme, eine Stimme, die möglicherweise kaum wahrnehmbar und zaghaft ist.

Kannst du sie hören? Es ist deine Urstimme, die trotz Weltchaos nie aufhört zu sprechen ...

Was flüstert sie deinem Herzen?«

Nach einem Moment der Stille:

»Was wünscht sie? Was erzählt sie dir?«

Erneutes Schweigen, dann:

»Höre genau hin! Könnte es sein, dass diese Stimme deine sicherste Führung ist, auf die du dein ganzes Leben schon gewartet hast?

Von welchen Träumen erzählt sie in der Stille? Wohin möchte sie dich führen?«

Die Worte schweben im Raum. »Folge einfach deinem Urimpuls, betrachte deinen Traum mit ihm und siehe, wie er wächst. Es ist der Traum deiner wahren Entfaltung als Mensch. Der Traum, der aus dir ein vollständiges, authentisches, glückliches und freies Wesen macht, das andere und die Natur achtet.«

Abschließend merkt die Stimme an: »Der Traum ist der Schlüssel! Sobald Du entschieden hast, ihm zu folgen, gleitet die Ohnmacht von deinen Schultern wie ein alter zerschlissener Mantel. Du musst nicht groß und stark sein oder alles im Vorfeld wissen. Du darfst bescheiden handeln.

Auch eine Weltreise beginnt mit dem ersten Schritt! Ziehe dich nicht zurück, sondern suche nach Verbindung zu anderen Menschen, die wie du einen Neuanfang anstreben.

Trotz alle dem, was in der Außenwelt zu passieren scheint, gib nicht auf und mache dir eines klar: Den Weg sieht man höchstens bis zur nächsten Kurve.«

Wie jedes Mal, wenn sie diese Stelle im Film erreicht, bekommt Yasha feuchte Augen. Djomur schaut sie an, sichtlich berührt. Er sieht den Film zum ersten Mal und hat schon alles erfasst!

Mittlerweile kommt langsam Bewegung auf der Leinwand zurück, und Shima lächelt, warmherzig und authentisch. Alle Menschen im *Pavillon* atmen erleichtert auf, denn das gewohnte Gefühl der tiefen Verbundenheit wurde gerade auf eine harte Probe gestellt. Glücklicherweise werden die im Raum stehenden Kristalle die negativen Gefühle, die der Film hervorgerufen hat, restlos neutralisieren!

Herzerwärmend dagegen ist der letzte Filmabschnitt, der von der allmählichen Bewusstwerdung der Menschen erzählt, die maßgeblich von den Weisen alter Traditionen sowie von den Frauen aus den sogenannten zivilisierten Ländern vorangetrieben wurde. Trotz aller von der Gesellschaft auferlegten Zwänge hatten sich diese Frauen eine Handlungsfreiheit erkämpft, die anderswo unbekannt war. Dadurch konnten sie sich von belastenden Aufgaben befreien, eigene Wünsche wahrnehmen, ihre Intuition (weiter)entwickeln, reisen, lernen, die bestehende Ordnung anprangern und sich öffentlich äußern. Zahlreiche Männer, die für den grundlegenden Erneuerungsbedarf der Gesellschaft offen waren, trugen ebenfalls zur Transformation der Gesellschaft auf vielfältige Art und Weise bei.

Mehrfach unterstreicht Shima die Tatsache, dass diese notwendigen Entwicklungen unzählige Wendungen nehmen mussten. Die vielen Stromschnellen zu überwinden verlangte Scharfsinn, Intuition, und Durchhaltevermögen. Der Mantel der Unantastbarkeit, mit dem sich manche sehr mächtige Interessengruppen geschmückt hatten, wurde aufgetrennt, Faden um Faden. Unersättlichen Heuschrecken gleich waren sie Meister geworden in der Kunst, Zwangsmaßnahmen zu erlassen, die Menschen zu manipulieren, falsche Informationen zu streuen, Nachrichten zu zensieren, und auf allen Ebenen der Gesellschaft breitete sich die Korruption aus. Insbesondere erwähnt Shima eine Epidemie ungeklärten Ursprungs, die zum Vorwand wurde, um die Kontrolle über die Bevölkerung zu verstärken, die Demokratie zu beschädigen, die Menschen physisch voneinander zu trennen, ganz gleich ob sie fünf, fünfzig oder fünfundsiebzig Jahre alt waren, und Massenimpfkampagnen zu versuchen, die das menschliche Genom zu verändern drohten.

Er lässt Demonstrationen mit Tausenden von Menschen aufleben, die damals stattfanden, zeigt, wie Staats- und Regierungschefs in ihrem Bestreben, die bestehende Ordnung aufrecht zu erhalten, im Fernsehen auftraten und sich doch in einer verzweifelten Lage befanden – letztendlich unfähig, den Strukturwandel zu stoppen. Shima berichtet noch von diversen Gewaltausbrüchen, die den Übergang kennzeichneten. Allen Unterdrückungsversuchen zum Trotz saß der Drang nach Erneuerung tief, überall wurde sich die menschliche Familie der Möglichkeit bewusst, ein anderes Entwicklungsstadium anzustreben, das für mehr Gerechtigkeit, Konsens und Zufriedenheit sorgen würde.

Als Gedächtnishüterin ist Yasha klar, dass das Aufwachen viel früher angefangen hatte – zum Teil nach dem von den Vorfahren genannten *Ersten Weltkrieg* – mit Großbuchstaben geschrieben! – und verstärkt nach dem *Zweiten Weltkrieg*. Beide Kriege ein unermessliches Grauen und Gemetzel! In der sich anschließenden Periode öffneten sich immer mehr Personen für andere spirituelle Richtungen, sie meditierten oder machten Yoga, wodurch sie in unmittelbaren Kontakt mit ihren physischen, emotionalen und psychischen Empfindungen traten. Ab diesem Zeitpunkt befreiten sie sich allmählich von den Dogmen ihrer ursprünglichen Gesellschaften.«

Um diese Entwicklung den Zuschauern näher zu bringen, führt Shima sie in allerlei Yogakurse ebenso wie in Therapie-, Meditations-, Schamanismus- und Astrologieseminare oder Tanz-, Mal-, Sing- und Theaterworkshops, die den Menschen halfen, sich selbst näher zu kommen. Dies brachte überall viele Menschen verschiedener Hautfarbe und Kultur zusammen. Zur gleichen Zeit bewegten sich auch die Künstler allmählich weg von kopflastigen Werken hin zu einer Kunst, die das Herz und die Seele berührten. Sehr ergreifend – und sehr schön!

In diesem Zusammenhang zeigt der grinsende Shima eine faszinierende Grafik aus dem Jahr 2020, wie es damals hieß: Sie zeigt den Bewusstseinszustand der Gesellschaften im Vergleich zu dem ihrer Politiker. Der Unterschied ist frappierend. Im Durchschnitt und je nach Erdregion war die Schwingung der jeweiligen Bevölkerung zweimal, gar dreimal so hoch wie die der Verantwortlichen in der Politik, der Wirtschaft und der Wissenschaft. Diese Diskrepanz erklärt alle damaligen Spannungen: Einerseits gab es jene (die Mehrheit), die sich nach mehr Freiheit, Frieden und Selbstbestimmung sehnten, und andererseits eine sehr kleine Minderheit, die ihre Pläne autoritär weiterhin durchziehen und ihre schon enormen Privilegien beibehalten und womöglich verstärken wollte.

Anschließend wird eine Nachtaufnahme des Erdballs gezeigt. Die Kontinente sind als sehr dunkle Erdmassen sichtbar, von denen sich Lichtpunkte abheben – unterschiedlich dicht beisammen, unterschiedlich stark. »Was ihr da seht, ist eine Karte aller Menschen, die zu jener Zeit daran beteiligt waren, in Verbundenheit mit der Erde das Energieniveau der Menschheit zu erhöhen. Dieser kollektive Aufbruch hatte es sich zum Ziel gesetzt, die Bevölkerungen vom jahrtausendealten Joch der Unterdrückung und der Ausbeutung zu befreien. Im Grunde genommen ging es um den Kampf des Lichts gegen die Dunkelheit.«

Es ist so wunderbar zu sehen, wie zahlreich sie waren! Trotz großer dunkler Gebiete mit wegen ihrer unwirtlichen Lebensbedingungen wenigen Lichtpunkten waren dennoch Hunderttausende, ja Millionen Lichtpunkte über den ganzen Planeten verstreut und ließen ihn erstrahlen. Ein »Oh« der Bewunderung durchfährt die Zuschauer.

»Dank ihnen und ihrem unbeugsamen Willen für eine Entwicklung hin zu mehr Frieden, Achtung, Liebe und Erfüllung fielen letztendlich die alten Strukturen wie Kartenhäuser in sich zusammen«, fährt Shima enthusiastisch fort.

Eine andere große Bewegung der damaligen Zeit wird ebenfalls sichtbar: Immer mehr Menschen der zivilisierten Welt verließen die Großstädte, um der Natur näher zu sein und einen achtsamen Umgang mit dem Boden zu pflegen. Sie organisierten sich in Genossenschaften und Lebensgemeinschaften. »Sie waren sozusagen die Vorreiter unserer örtlichen Föderationen«, erklärt Shima. » Andere Menschen stellten das bislang enorm zusammengetragene Wissen in den Dienst der Menschheit und des Lebens auf der Erde.«

Aus seiner Jacke zaubert Shima Fotos von Orten hervor, die in naturfreundliche Zonen umgewandelt wurden. Eine unglaubliche Änderung fand bisweilen innerhalb von zwei bis drei Jahren statt. »Seht ihr, wie diese früher in Monokultur bestellten Böden auf einmal üppig grün, artenreich und komplex werden? Die Vögel sind zurück und trillern um die Wette. Vielleicht könnt ihr sie hören? Manche unserer Vorfahren hatten schon verstanden, dass es ziemlich einfach ist, die natürlichen Lebenszyklen wiederherzustellen – so zum Beispiel hier: Es genügt den Bach seinem ursprünglichen Lauf und den Wildkräutern zu überlassen, und schon kehren die Insekten zurück und die Pflanzenvielfalt nimmt exponentiell zu!«

Zum Abschluss der Filmvorführung geht es auf eine Art Weltreise zu verschiedenen Vorreiterprojekten, die einst das neue Bewusstsein auf dem ganzen Planeten verankerten, und endet mit einer Luftaufnahme von Shimas heutiger Föderation. »Wenn eine Welle energetischer Transformation solchen Ausmaßes zu rollen anfängt, kann sie nichts aufhalten – ob sie ein, zehn oder dreißig Jahre dauert. Wir sind der beste Beweis dafür, nicht wahr?«, stellt er abschließend fest.

Ein letztes Mal verdunkelt sich die Leinwand, das Brummen des Projektors verebbt. Die Wände werden langsam wieder durchsichtig. In der Luft hängt eine lange dichte Stille. Dann gleiten einige Everitpaneele geräuschlos zur Seite, von außen strömen Licht und reine Luft ein. Allmählich kehren alle in die Jetztzeit zurück, bewegen Arme und Beine, strecken sich.

Achor, der für die Technik im *Pavillon* verantwortlich ist, steigt flink die paar Stufen zur Bühne hoch. »Ein großes Dankeschön unserem lieben Shima, der viel Zeit und Energie in diesen erstaunlichen Film gesteckt hat!«

Er klingt absolut begeistert. Alle klatschen. »Danke auch allen, die ihm in den verschiedenen Produktionsphasen geholfen haben.«

Neuer Beifall. »Stellt Euch mal vor: Wir hatten die Ehre, den Film als Erste zu sehen! In den kommenden Monaten wandert er zu den zahlreichen Föderationen, die ihn bestellt haben. Alle sind auf seinen Inhalt sehr gespannt.«

Er blickt auf die Gesichter vor sich und grinst von einem Ohr zum anderen. »Liebe Freunde, ich glaube, wir brauchen alle Bewegung, Sonne und gute Luft sowie etwas Nahrung.«

Die Menschen nicken erleichtert – ohne Ausnahme freuen sie sich, in die Gegenwart zurückgekehrt zu sein.

Die Zuschauerströme werden von der Mittagssonne in Empfang genommen. Angenehm warm zu dieser Jahreszeit schmeichelt sie die Sinne, lädt zu Unbekümmertheit und guter Laune ein. Die Menschen genießen die duftende Luft, strecken sich oder atmen ein paarmal tief ein, bevor sie sich zerstreuen. Mehrere Leute verabschieden sich und laufen Richtung Wald los, wo sie auftanken möchten, andere lassen den Blick wandern auf der Suche nach näheren Bekannten und Freunden. Viele schlängeln die Wege herunter, die zum schattigen Bereich unter den Bäumen und den dort aufgestellten Tischen führen.

Lebensmittel in Hülle und Fülle warten auf die Gäste. Für jeden Geschmack ist etwas dabei – Obst, Gemüse, Blumen – roh, gekocht, als Salat oder Pastete zubereitet; Käse, Eier, sogar eine kleine Auswahl an Fisch und Fleisch. Und selbstverständlich gibt es auch frisch gepresste Obstsäfte, Brunnenwasser, mit Kräutern angesetztes Wasser, gegorene Getränke. Jede Tafel ist nach einem Farbthema mit entsprechender Lebensmittelauswahl und passender Dekoration gestaltet, eine Einladung für den Einzelnen, von einem Tisch zum nächsten zu gehen, sein Essen bunt zusammenzustellen und sich mit vielen Menschen zu unterhalten. Wahrlich ein unfehlbares Rezept für Geselligkeit.

Wie alle Kinder der Welt rennen, schreien, hüpfen die Jüngsten herum und genießen den Tag in vollen Zügen. Sie sind mit der Umgebung bestens vertraut, sind daran gewöhnt, sich intuitiv zu orientieren und selbstständig den Rückweg zu finden. Zur Sicherheit werden sie jedoch von älteren Kindern begleitet, die sie gegebenenfalls vor allzu großer Kühnheit schützen. Somit können sich die Erwachsenen in aller Ruhe austauschen und sich an diesem ganz besonderen Tag erfreuen.

Stimmhaft oder telepathisch wird lebhaft ausgetauscht. Yasha hat sich auf einen Baumstamm etwas abseits gesetzt und lässt sich vom Plätschern des Wassers berieseln, das von einem Brunnen in unmittelbarer Nähe herausfließt. Rein, kalt, dieses aus der Tiefe der Erde sprudelnde Wasser! In einem Becken aus goldfarbenen Steinen – von weit entfernten Ahnen gebaut – wird es aufgefangen. Yasha merkt, wie die Eindrücke vom Vormittag in ihr weiterschwingen. Vielfältig, widersprüchlich, oft schwer erträglich. Als ob antike, bislang nur im Zwielicht wahrgenommene Ruinen auf einmal von einem starken Lichtstrahl erfasst worden wären. Mit geschlossenen Augen wird ihr noch bewusster, wie unheimlich groß die zurückgelegte Strecke seit dem Ende der Alten Welt ist, und sie empfindet eine Welle der Dankbarkeit für alle Vorreiter der jetzigen Gesellschaft.

»Hallo!«, sagt auf einmal eine Stimme, während zwei kleine Hände Yashas Augen umfassen. »Rate mal, wer ich bin!« Yasha tut, als ob sie es nicht wüsste, und fragt, verspielt: »Lilo?«

»Nein! Versuch's noch mal, befiehlt die kleine aufgeregte Stimme.

»Ibella? Losenn?«

»Ich bin doch nicht Ibella, Yasha! Ich bin's doch, Losenn«, ruft der kleine Junge und befreit ihre Augen. Nun hält er sich kerzengerade und steht voller Stolz über sein Überraschungsmanöver vor Yasha. Sie zieht ihn an sich und umarmt ihn. »Sag mal, du hast mich richtig reingelegt, mein Süßer. Wo ist Mama?«

»Oh, daaa«, sagt er mit einer unverbindlichen Geste, als ob er meinte: »Bei ihr weiß man's sowieso nie so richtig.«

Ihr Enkel ist drei Jahre alt. Braune Haare, eisblaue Augen, rot angelaufene Wangen – er ist eher groß für sein Alter und lässt manchmal Bemerkungen fallen, die aus dem Mund eines Weisen stammen könnten. Momentan ist er spielerisch eingestellt. Er setzt sich neben Yasha und pickt Häppchen von ihrem Teller. »Bald werde ich mit Onkel Utoune verreisen«, erklärt er aus heiterem Himmel, und seine Augen strahlen vor Vorfreude.

»Wirklich? Wohin denn?«

Yasha ist tatsächlich überrascht. Aila, ihre älteste Tochter, hat ihr davon nichts erzählt, als sie sich gestern Nachmittag trafen.

»Na, wenn Onkel Utoune das nächste Mal mit den Großen einen Auszug macht.«

»Du meinst einen Ausflug? Wohin?«

»Hat nit gesagt, aber ich glaube, es ist irgendwo sehr hoch.«

»In die Berge? Du hast aber ein Glück!«

Er nickt und schweigt. Djomur gesellt sich zu ihnen und nimmt auf dem Baumstamm Platz. Losenn springt ihm um den Hals und meint: »Du bist aber schön!«

Djomur lächelt, von der spontanen Bemerkung des kleinen Jungen gerührt. Auch wenn die beiden nicht verwandt sind, scheinen sie immer unter einer Decke zu stecken. »Findest Du? Das ist sehr nett von Dir. «

»Klar, wenn es wahr ist!«

»Losenn, kommst du, wir wollen Versteck spielen!«

Ein sechs- oder siebenjähriges Mädchen mit blaugrünen Augen und blonden Zöpfen stellt sich vor die kleine Gruppe und hechelt. Ungeduldig greift sie nach Losenns Hand, der es mit sich geschehen lässt. Sie rennen beide los und verschwinden.

Die Sonne hat den Zenit schon vor einer Weile überschritten, als eine Stimme sich erhebt. »Liebe Freunde, wenn ihr den Film von heute Morgen vertiefen möchtet, schlage ich vor, dass wir uns in Kürze am *Feenkreis* treffen.«

»Shima, Shima, du bist wieder da!«

Mehrere Jugendliche versammeln sich um den Helden des Tages. Er lacht und versucht, sich von den Händen loszueisen, die ihn alle berühren wollen. »Ja, ja, ihr seht doch, dass ich hier bin. Keine Angst! Ich bin nicht in der Alten Welt stecken geblieben«, sagt Shima.

»Deine Maschine ist super cool!»

»Ich finde, sie ist nicht sehr aerodynamisch.«

»Und was ist der Treibstoff?«

»Wie lange hast du sie?«

»Auf jeden Fall war dein Anzug mega geil!«

Mädchen und Jungen reden in ihrer Begeisterung alle durcheinander. Amüsiert betrachten Yasha und Djomur eine Weile die Szene und laufen dann ruhigen Schrittes und Hände haltend Richtung *Feenkreis*.

Der *Feenkreis* ist eine Stelle etwas abseits vom *Pavillon*, just am Rand des Laubwaldes, wo Baumstämme und Bänke kreisförmig ins üppige Gras gestellt wurden, das im Frühling von Gänseblümchen und anderen Wildblumen übersät ist. Es ist ein Platz, der teilweise im Schatten großer Pinien steht, wo sich die Menschen in der schönen Jahreszeit gerne versammeln, um ein paar angenehme Stunden zusammen zu verbringen, um sich Geschichten zu erzählen, um neue Pläne zu schmieden. Dort ist auch der Treffpunkt der Jugendlichen mit den Erwachsenen, die sie in ihrer Entwicklung begleiten.

Etwa die Hälfte der Zuschauer vom Vormittag nimmt Platz, die anderen setzen ihre Gespräche am Tisch oder bei Waldspaziergängen fort. Shima eröffnet die Runde. Wie bei jeder Zusammenkunft erlauben ein paar Augenblicke der Stille dem Einzelnen, sich mit seinem tiefsten Sein, mit den anderen Menschen und mit der Natur zu verbinden. »Ich schlage vor, dass ihr spontan eure Fragen stellt und eure Kommentare abgebt. Wer möchte anfangen?« Zehn jugendliche Finger strecken sich nach vorne.

»Ich, Shima, ich!«

»Nein, ich!«

Shima lacht. Ohne Eile schweift sein Blick über die Jugendgruppe, dann übergibt er das Wort an Molu, einen sympathischen und eher zurückhaltenden Jungen von vierzehn Jahren, der sich nicht lautstark bemerkbar macht. Ein breites Lächeln geht über sein Ebenholzgesicht, das sonst eher ernst anmutet. »Okay, ich würde gerne wissen, warum unsere Vorfahren nicht so wie wir aussahen. Wir haben Ähnlichkeiten, klar, aber wir sind anders.«

»Sehr gut beobachtet, Molu! Und ihr, habt ihr eine Idee?«, fragt Shima die anderen Jugendlichen.

Ratloses Achselzucken. »Die Erklärung dafür ist, dass etwa zur Zeit des Films die Energie an der Erdoberfläche – die sogenannte Schumann-Frequenz – stark zu steigen anfing. Diese Änderung geschah parallel zu den Bestrebungen vieler Leute, sich von den dichtesten Energien zu befreien, die damals auf der Erde anzutreffen waren. Im Laufe der Zeit schwang die Energie immer höher, so dass das menschliche Gehirn größer wurde, die Kieferknochen sich verkürzten und die Ohren ihre Form veränderten. Heute können wir also Wellen wahrnehmen, die unseren Ahnen verborgen blieben.«

»Wow!«, kommentiert ein Mädchen.

»Ja, es ist umso bemerkenswerter, als sich der Körper mancher Personen im Laufe ihres damaligen Lebens schon veränderte. Bei den meisten aber wurden die Neuentwicklungen erst bei der nächsten Generation sichtbar«, ergänzt Shima.

Fragen und Antworten folgen rasch aufeinander. Aus dem Augenwinkel nimmt Yasha das fröhliche Treiben von Eichhörnchen und Hasen wahr. Etwas zurückgezogen betrachtet ein Elf die Runde, während die Vögel oberhalb ihrer Frühlingsfreude freien Lauf lassen.

Changi, eine große Wissenschaftlerin des Forschungszentrums und eine Spezialistin für freie Energien, ergreift das Wort: »Ich habe eigentlich keine Frage. Ich möchte vielmehr sagen, wie schockiert ich über den primitiven Charakter der verwendeten Technologien bin. Ich kannte sie zwar mehr oder weniger, aber es war mir nie bewusst gewesen, wie zerstörerisch sie waren. Die Umweltverschmutzung, die Wüstenbildung und die ganzen anderen Probleme so direkt zu erleben tut wirklich weh!«

»Vor allem wenn man weißt, dass zu dieser Zeit schon viele umweltfreundlichere Lösungen existierten, aber sie wurden verschwiegen, um die Interessen der großen Konzerne nicht zu verletzen«, ergänzt Shima. Ihre Worte klingen eine Weile in der Luft nach, in der Hunderte von Insekten schwirren.

»Was fühlst du, wenn du dahin reist?«, will Marda wissen, Yashas und Djomurs direkte Nachbarin im Dorf der Kolibris.

»Hm, gute Frage…« Shima fährt über seinen schwarzen Bart, in dem ein paar Silberhaare zum Vorschein kommen. »Zweierlei, würde ich sagen«, räumt er nach einer Denkpause ein. »Natürlich empfinde ich zum Teil Aufregung, wie jeder, der zu Forschungszwecken reist. Ich habe ein unglaubliches Glück, dieses Zeitreisefahrzeug geerbt zu haben. Es gehörte ursprünglich einem Cousin von dem Dorf der Schmetterlinge, der es wegwerfen wollte. Ich kam gerade rechtzeitig, um es vor dem Recyclingbetrieb zu retten!«

Er lacht, als hätte er einen guten Witz erzählt. »Immer schon wollte ich wissen, woher ich komme. Als ich es dann erhielt, dachte ich: Also Shima Kumpel, es steht dir nichts mehr im Weg, um deinen Wissensdurst zu stillen! Du bist jetzt frei, diese weit entlegenen Orte und Zeiten zu besuchen! Diesen Augenblick werde ich nie vergessen«, erklärt Shima mit emotionsgeladener Stimme. Alle hören wie gebannt zu.

»Andererseits spüre ich jedes Mal eine gewisse Unruhe, wenn ich durch die Zeit reise und mir ein bestimmtes Ziel vornehme. Auch wenn mein Fahrzeug für die Hin- und Rückreisen zuverlässig ist, besteht immer eine gewisse Fehlerquote, was den Ankunftsort betrifft. Diese Fehlerquote ergibt sich aus der Erdrotation und den zwischenzeitlichen Änderungen des Magnetfeldes. Trotz aller Berechnungen kann es mir passieren, dass ich mitten im Verkehr ankomme oder ins Meer falle.«

Er lächelt verschmitzt. »Mittlerweile gelingt es mir allerdings immer besser, diese Art Unannehmlichkeiten zu vermeiden und eine Stelle zu finden, die nicht allzu unwirtlich und sichtbar ist.«

Er hält inne, seine rechte Hand geht erneut über seinen Bart. »Ich empfinde auch Mitgefühl mit unseren Vorfahren. Vieles, was uns heute selbstverständlich erscheint, kannten sie nicht, insbesondere was ihre außersinnlichen Wahrnehmungen anging. Die meisten Menschen – zumindest unter den Zivilisierten – glaubten nicht daran, sie lachten sogar darüber. Wie man sich vorstellen kann, hatten sie es im Leben schwerer, denn sie konnten nicht vorausschauen oder zwischen wahr und falsch über ihre Intuition unterscheiden! Sie hörten nicht auf ihre Körper wie wir, um die positiven von den negativen Zeichen zu unterscheiden, die sie erhielten.«

Fassungslos schüttelt der Großteil der Anwesenden den Kopf. Wie?

Die Ahnen waren unfähig, Dinge zu tun, die unsere Zweijährigen heute lernen? »Yasha, vielleicht kannst du sagen, was du empfunden hast, als du mit mir gereist bist«, meint plötzlich Shima und dreht sich in ihre Richtung. Yasha überlegt kurz – jetzt geht es darum, ihre Eindrücke in wenigen Sätzen zusammenzufassen. »Ja, ich bin tatsächlich dreimal mit Shima gereist – für den Film und für meine persönliche Forschungsarbeit. Ich stimme Shima voll und ganz zu. Ergänzen möchte ich noch, dass ich den Mut der Frauen und Männer bewundere, die in den dunkelsten Zeiten der menschlichen Geschichte nichts unterließen, um echtes Wissen zu bewahren und weiterzugeben, und die zur Erhöhung der Schwingung ihrer Zeitgenossen zum Zeitpunkt der Großen Wende zusammenkamen. Ich fühle auch eine große Dankbarkeit für die Vorfahren, die anschließend die Gesellschaft aufbauten, in der wir heute das Glück haben zu leben.« Shima nickt zustimmend.

»Was mich interessieren würde, ist das, was du *Gewalt zwischen Männern und Frauen* genannt hast«, erklärt Jimas, ein großer, blonder, muskulöser Mann um die dreißig. Grüne Shorts aus schimmerndem Stoff, offenes weißes Hemd und grüne Bandana auf der Stirn – er strotzt vor Kraft und Gesundheit.

Shima sammelt sich kurz. »Ein extrem langes und schmerzhaftes Kapitel unserer Vergangenheit«, sagt er mit dumpfer Stimme. »Ich steige lieber in die Details nicht ein, die furchtbar sind. Sagen wir, dass die Frauen über Jahrtausende unter männlicher Vorherrschaft litten, weil die Männer sich als etwas Besseres betrachteten, sich anmaßten, den Frauen und Kindern Rechte, die für sie selber galten, vorzuenthalten und sich an ihnen vergingen. Die Männer hatten sogar das Recht, sie zu verkaufen und zu töten. Diese Verblendung führte zu vielen grausamen Verbrechen und zu kaum vorstellbaren Leiden. Aber unter dieser Hybris litten nicht nur die Frauen, sondern auch die Männer, die in die eigene Falle getappt waren – sie verachteten die Frauen, wurden aber von ihnen geboren. Ohne Frauen, keine Männer! Es war ganz übel.« Freude huscht jetzt über sein Gesicht.

»Glücklicherweise hatten sich in den Jahrzehnten vor der Großen Wende Änderungen ergeben und die männliche Vorherrschaft war nicht mehr so extrem, zumindest in manchen Erdregionen nicht mehr. Eine wachsende Zahl von Männern fing an, Empathie und Sensibilität zuzulassen, sie versuchten, das Verhältnis zwischen den Geschlechtern zu harmonisieren. Gleichwohl blieben die Hauptstrukturen der einzelnen Länder von dieser Denkweise unterschiedlich geprägt – bis auf sehr wenige Ausnahmen.« Alle Anwesenden brauchen einen Moment Zeit, um Shimas Worte zu verdauen.

»War unsere Vergangenheit wirklich so dunkel?«, murmelt Tudjin neben Yasha.

Varino, ein fünfzehnjähriger Junge, will wissen, »was diese rechteckigen Dinge waren, in die die Menschen sprachen«.

»Stell dir mal vor, dass zu dieser Zeit sich die allermeisten Menschen nicht telepathisch verständigen konnten«, antwortet Shima lächelnd. »Für sie war diese Idee höchst unseriös. Fast unmittelbar vor der Großen Wende hatten sie also Handys – auch Mobiltelefone genannt – erfunden. Mit diesen Geräten konnten die Menschen über sehr große Entfernungen mittels Funkfrequenzen kommunizieren, was übrigens nicht ganz ungefährlich für ihre Gesundheit war.«

Shima dreht sich jetzt nach rechts und wendet sich an jemanden, der etwas zurückgezogen sitzt und nachträglich dazukam. »Imodrane, du hast doch die Alte Welt gekannt. Deiner Meinung nach, was war der Hauptgrund für den Wandel zu unserer heutigen Welt?«

»Ja, ich war zwanzig Jahre alt, als die entscheidenden Ereignisse anfingen«, erwidert die angesprochene ältere Frau mit fester Stimme. Sie ist eine von acht Personen in der örtlichen Föderation, die die Zeit davor tatsächlich erlebt haben. Sehr aufrecht sitzt sie auf der Bank, ein Teil ihrer langen silbrigen Haare von einer gelben Klammer auf ihrem Haupt gebunden. Die restlichen Haare schmiegen sich ihrem Rücken an. Trotz ihrer Falten strahlen ihre nussbraunen klugen Augen.

»Es ist natürlich vielschichtig, ich habe immer wieder darüber nachgedacht. Es gäbe so viel zu erzählen. Ich glaube, dass es mehrere Gründe gab. Die Menschen entdeckten, wie weit verbreitet Manipulation, Korruption und Zensur waren. Hinzu kamen die systematische Zerstörung der Umwelt, die Arroganz der Regierenden, die immer öfter Entscheidungen zugunsten der Reichen trafen, sowie die zunehmende Gewalt gegenüber dem Volk, ganz zu schweigen von der Unsinnigkeit der damaligen sanitären Maßnahmen, die Zerstörung der Einkommensquellen von Millionen Menschen. Das alles geschah quasi zur gleichen Zeit. Viele Verantwortliche ignorierten schon eine ganze Weile die Forderungen der Bevölkerung, wie gut begründet sie auch sein mochten.«

»Und warum zerstörten sie die Umwelt? Das ist doch absurd!«, ruft Alio aus, ein junger Erwachsener aus dem Dorf der Einhörner.

»Klar war das absurd! Und auch bedrohlich für das Überleben der Lebewesen auf dem Planeten«, reagiert Imodrane. »Viele Menschen aus der Zeit mobilisierten sich in der Hoffnung, die Umweltpolitik ihrer Länder zu beeinflussen. Die Zerstörung der Natur wurde vor allem von sehr großen Industriekonzernen mit der Unterstützung von mächtigen Finanzkreisen verursacht, die nur den Profit sahen, den sie kurzfristig aus den Böden ziehen konnten – zum Beispiel durch Monokultur oder durch Bohrungen, die Erdöl oder andere Ressourcen liefern sollten.« Sie seufzt einmal tief.

»Ihnen waren die Auswirkungen ihrer Handlungen egal, weil ihre Chefs keinen wirklichen Bezug mehr zur Mutter Erde hatten. Sie zogen Grafiken und mathematische Projektionen heran. Ich würde sagen, sie bewegten sich ausschließlich in abstrakten Dimensionen.«

»Und wie war diese Übergangsphase für dich?«, fragt Djomur.

»Oh, sie war sehr schmerzhaft!« Imodranes Blick verliert sich kurz in der sanften Tiefe des naheliegenden Walds.

»Alles fing wegen eines Virus an, das ziemlich überall auf der Welt auftauchte. Im Fernsehen sorgten die täglichen Nachrichten für Panikstimmung. Ihr müsst wissen, dass mein Vater Arzt, Immunologe und Universitätsprofessor war. Sehr bald sagte er uns, seiner Familie, dass er die Entwicklungen und offiziellen Maßnahmen nicht verstand: Für ihn war diese Epidemie nicht gefährlicher als eine Grippewelle! Dazu wunderte er sich über die widersprüchlichen Aussagen der Regierenden und, vor allem, die einheitliche Berichterstattung der Medien sowie die Lockdowns, die er mit Hausarrest gleichsetzte – wir durften uns nicht mehr so bewegen, wie wir es wünschten. Dieser Konsens war seltsam. Normalerweise beherrschten kontroverse Meinungsäußerungen zu gesellschaftsrelevanten Themen die Medienlandschaft! Außerdem häuften sich repressive Maßnahmen, die die grundlegenden Menschenrechte einschränkten. Sogar das Recht der Mediziner, ihre Patienten nach bestem Wissen und Gewissen zu behandeln, wurde beschnitten.«

Sie betrachtet nachdenklich die Menschen um sie. Alle sehen wie versteinert aus. »Stellt euch mal vor, wir, die jungen Erwachsenen durften uns eine ganze Weile nicht mehr treffen, nicht mehr feiern, nicht mehr an der Uni studieren. Es gab nichts mehr für uns! Für mich aber fing das Schlimmste an, als mein Vater öffentlich das Wort ergriff und die verfolgte Politik rügte, allerlei Missstände aufzeigte und den fehlenden Respekt der Deontologie durch manche seiner Kollegen bemängelte.«

»Und warum?« ruft ein Jugendlicher aus, der ratlos mit großen Augen auf sie blickt.

Imodrane streckt sich auf ihrem Sitz und holt tief Luft ein. »Na ja, er wurde sofort von allen Seiten angegriffen und verleumdet – von den großen Medien, von vielen Kollegen und sogar von Familienmitgliedern. Letzten Endes kündigte ihm seine Universität und seine Approbation wurde ihm entzogen. Um uns herum zerfiel alles. Er war ein gerechter und empfindsamer Mensch. Er konnte das Ganze nicht ertragen … und er hat sich nach einem Jahr das Leben genommen … indem er einen tödlichen Medizincocktail zu sich nahm.«

Eine graue, klebrige Stille verbreitet sich, bis Imodrane weiterredet. »Wir mussten in eine andere Stadt umziehen, um uns zu schützen. Dann erkrankte meine Mutter und starb – kaum zwei Jahre nach meinem Vater. So blieben von unserer Familie nur mein Bruder und ich übrig. Nach und nach erholten wir uns, indem wir mit anderen Menschen konkret daran arbeiteten, eine andere Welt aufzubauen. Es war ein langer Weg und nicht immer einfach, weil die Gesellschaft zeitweise in zwei Lagern geteilt war – jene, die einen Neuanfang herbeisehnten, und jene, die sich mit allen Kräften dagegen wehrten.«

Eine kurze Stille folgt auf diese Enthüllungen.

»Ich möchte etwas hinzufügen«, sagt eine männliche Stimme. Alle Blicke drehen sich zu der Stelle, woher sie stammt. Ridja kommt gerade an – auch er hat die Alte Welt erlebt. Er setzt sich und redet weiter: »Aus meiner Sicht fand etwas sehr Wichtiges in der Zeit der Großen Wende statt: Die Menschen begriffen auf einmal, wie stark die eigene Macht war. Bislang hatten ihnen alle Institutionen, die Schule, die Religion, usw. vorgegaukelt, sie wären klein und machtlos.«

»Wie furchtbar«, ruft eine Frau vom Dorf der Kornblumen aus, das auch zu der örtlichen Föderation gehört. »Konnten sie überhaupt glücklich leben?«

»Nicht so oft, denke ich. Ich war fünfzehn Jahre alt damals, ich kann mich gut erinnern, dass wir immer irgendjemandem gehorchen mussten, ansonsten gab es Strafe! Nicht nur bei den Kindern, auch bei den Erwachsenen.«

Intensiv klingen seine Worte unter den Bäumen. »Was ich dazu noch sagen möchte, ist, dass die Menschen auf einmal entdeckten, dass sie die Gesellschaft vom Grunde auf erneuern konnten, indem sie nach und nach die negativen Prägungen ihres Energiefeldes löschten und mit gegenseitiger Achtung kooperierten. Genau das hat stattgefunden! Alle alten Strukturen fielen nacheinander in sich zusammen.«

Die Bestürzung in den auf Ridja gerichteten Blicken zeigt, wie weit die einstige Wirklichkeit von der gegenwärtigen Welt entfernt war. Eine Jugendliche erhebt den Finger. »Was war diese Stimme, die in der Dunkelheit sprach? Ich fand sie nicht besonders klug, sie hat nur bekanntes Zeug erzählt.«

»Du hast Recht – aus heutiger Sicht«, bestätigt Shima. »Dies ist für uns selbstverständlich, weil wir darin geübt sind, ständig auf die Zeichen unseres Körpers und der Erde zu achten, und dadurch wissen, was zu tun ist. Zu dieser anderen Zeit wurde dies von nur wenigen Menschen verstanden. Die körperlose Stimme war sozusagen der Aufruf des höheren menschlichen Bewusstseins aufzuwachen und wurde nach und nach von manchen Menschen in der Öffentlichkeit verbreitet. Eine Revolution der vorherrschenden Denkweise, mindestens bei den Zivilisierten!«

Yundi, einer der Jugendlichen, die sich darauf vorbereiten, Gedächtnishüter zu werden, meldet sich: »Im Film wurde mehrmals das Wort Länder benutzt. Kannst Du's erklären, ich verstehe nicht so ganz.«

»Die Länder waren Strukturen, die unseren Föderationen vorausgegangen sind. Sehr vereinfacht kann man sagen, dass auf einem ziemlich weiträumigen Gebiet Menschen lebten, die die gleiche Sprache sprachen und im Großen und Ganzen die gleichen Gewohnheiten und Denkweisen hatten. Der große Unterschied zu uns war, dass sie sich als Eigentümer dieses Gebiets betrachteten und von einer einzigen Person, oft einem Mann, oder von einer kleinen Gruppe regiert wurden, die ihre Regeln allen Bewohnern dieses Landstrichs auferlegten. Dies führte zu unzähligen Kriegen, da manche Herrscher durch Angriff auf ihre Nachbarn versuchten, ihr eigenes Land zu vergrößern. Aus Stolz waren sie bereit, alle zu töten, die sich in ihren Weg stellten.«

»Shima merkt man die langjährige pädagogische Betätigung richtig an!«, schmunzelt Yasha in sich.

»Wenn du magst, kann ich andermal mehr ins Detail gehen, es gäbe noch viel zu erzählen, aber es würde den heutigen Rahmen sprengen. Komm in den nächsten Tagen einfach mal vorbei«, schlägt Shima abschließend vor. Yundi nickt zufrieden.

Liliana ist jetzt dran. »Was bedeutet Monokultur?«

»Ausgezeichnete Frage!«, meint Shima, immer noch gut gelaunt. »Einfach ausgedrückt heißt es eine einzige Kultur. Stellt euch vor, dass unsere Ahnen fast hundert Jahre lang die seltsame Idee hatten, nur eine einzige Art von Pflanzen auf einer großen Fläche wachsen zu lassen. Zum Beispiel ausschließlich Weizen oder Kohl oder Mais. Und das, ein Jahr nach dem anderen.« Litu, der Hauptgärtner unseres Dorfes, fällt Shima ins Wort: »Keine Fruchtfolge, keine Pflanzenkombinationen, kein Einsatz von Kompost und Mulch?«

Shima schüttelt den Kopf. »Nein, nichts, bis auf die Zugabe von Kunstdüngern, um die Auslaugung zu verlangsamen. Was wiederum zur Verschmutzung des Grundwassers und der Luft führte – sowie zur Bodenerosion. Ganz zu schweigen, dass die Lebensmittelqualität in dieser Zeit stark zurückging. Perplex blickt Litu Shima entsetzt an.

»Sie waren wahnsinnig!«

»Das kannst du sagen«, bekräftigt Shima. »Na ja, zumindest die meisten Landwirte. Nicht alle. Manche reagierten auf diesen Wahnsinn durch etwas, das sie biologische Landwirtschaft nannten. Etwa zu diesem Zeitpunkt auch entstand die Permakultur, die als Grundlage für unsere eigene Landwirtschaft diente. Und verschiedene Gruppen nahmen die Verbindung zur Natur aktiv wieder auf …«

Die Fragen verebben scheinbar.

»Mich würde interessieren, ob du jemals einem Menschen der Alten Welt erzählt hast, woher du kommst?«, will Djomur jetzt noch wissen.

Shima lacht.

»Auf diese Frage habe ich die ganze Zeit gewartet. Danke, dass du sie stellst. Höchstens zwei oder dreimal habe ich jemandem gesagt, dass ich aus der Zukunft komme – und das nach großem Zögern.« Alle im Kreis hören gebannt zu. Auch die Luft scheint still zu werden. Shima schaut sie alle an, bevor er fortfährt.

»Warum? Weil ich ahnte, dass sie mich höchstwahrscheinlich für einen Scharlatan, einen Schwindler oder einen Irren halten würden und mich möglicherweise in eine ihrer Anstalten einsperren würden.«

»Wem hast du es denn erzählt?«, fragt Molu.

»Nur Menschen, die meine Andersartigkeit selbst erkannten. Zwei von drei waren alte Schamanen, die darin geübt waren, jenseits der Alltagswirklichkeit zu blicken. Der Dritte war eine sehr intuitive Frau aus den zivilisierten Ländern. Als sie mich zu meinem Wesen Fragen stellten, wusste ich, dass sie verstehen würden.«

»Was wollten sie denn wissen? «

»Wie wir leben, wie die Menschen zu einander sind, ob wir noch Kriege führen, Roboter verwenden. Sehr viel, kann ich euch nur sagen.«

Shima strahlt. Djomur fragt erneut:

»Wie haben sie auf deine Antworten reagiert?«

»Ich glaube, ein Teil in ihnen konnte meinen Ausführungen nicht richtig glauben. Für sie klang das wie ein weit entferntes Ideal. Ein anderer Teil aber war bereit, mir und meinen Worten zu vertrauen, und freute sich zu erfahren, dass ihre eigenen Träume in Erfüllung gegangen sind.

Sie waren ambivalent, in dem Zwiespalt gefangen zwischen Wunsch und Realität der damaligen Zeit.«

»Wow!«, kommentiert Yundi.

Stille breitet sich im *Feenkreis* aus – jeder lässt Shimas Worte in sich nachklingen.

Bereits nimmt das Tageslicht leise ab. Der Frühling ist noch jung, auch wenn die sehr milden Temperaturen der letzten Tage verleiten, dies zu vergessen. Vom *Feenkreis* laufen die Teilnehmer der Gesprächsrunde gruppenweise zur Vorderseite des *Pavillon der Harmonie*, wo andere schon weilen, die den Schatten der Bäume verlassen haben und nun die späte Nachmittagssonne genießen. Die Tische wurden ebenfalls in Eingangsnähe gerückt, die jetzt verschiedene Getränke und einen Korb voller reifer Früchte bieten. Yasha gießt sich frisches Wasser mit dem feinen Zitronengeschmack von frischer Melisse. Djomur zieht Gegorenes vor.

Shima bahnt sich einen Weg zu ihnen. Seit den Dreharbeiten hat er etwas zugenommen, so dass seine rundlichen Formen den Stoff seiner weißen Gandoura etwas spannen. »Na, wie geht es denn dem Liebespärchen?«

So grüßt sie Shima jedes Mal. Das Liebespärchen lächelt, ohne zu antworten. In dieser Begrüßung meint Yasha eine leichte Eifersucht seitens ihres ehemaligen Liebhabers zu spüren. Shima schwärmt jetzt los. »Welch eine Freude, nicht wahr, örtlich produzierte Lebensmittel essen zu können! Frisch, schmackhaft, voller Lebenskraft. Dies ist eins der Dinge, die ich am meisten vermisse, wenn ich einen Ausflug ins zwanzigste oder sogar ins einundzwanzigste Jahrhundert mache.«

»Stimmt«, meint Djomur, »vielleicht sollten wir in dieser Hinsicht noch achtsamer sein, wir nehmen diese Frische und Fülle so selbstverständlich hin.«

»Ja, wenn man bedenkt, dass wir mittlerweile sogar die exotischsten Früchte überall auf der Welt wachsen lassen«, fährt Shima fort, während er nach einer prallen Kakifrucht greift, die er genießerisch auslöffelt. »Unsere Gewächshäuser, die allen Bedürfnissen der Pflanzen gerecht werden, ob es um Licht, Feuchtigkeit, Liebe, biologische Vielfalt oder Bodenbeschaffenheit geht, stellen einen echt großartigen Fortschritt dar«, fügt er hinzu. Shima dreht sich zu Yasha.

»Wusstest du, dass unsere Ahnen vor der Großen Wende Lebensmittel mit Schiff und Flugzeug von einer Ecke des Planeten zur anderen schleppten? Sie waren wirklich daneben. Als ob man nicht alles lokal produzieren kann, was gebraucht wird!«

Yashas Antwort besteht aus einem Nicken und einem Lächeln. Ernährung ist eines der Steckpferde Shimas und sie hat gar keine Lust, sich in langwierige Ausschweifungen ziehen zu lassen.

Bald darauf verabschieden sich Yasha und Djomur von Shima und unterhalten sich noch eine Weile mit einigen Menschen. Aus einer gemeinsamen Eingebung, die sich keiner Worte bedient, brechen sie ab. Hände haltend schlendern sie heimwärts, die kühler werdende Luft tief atmend und die unglaubliche Lebenskraft des Bodens spürend. Die Vögel verstummen nach und nach, die Schatten werden länger. Manche Tiere verweilen am Waldrand jenseits der bestellten Flächen und schauen entspannt zu, wie die Menschen vorbeigehen.

Bei Ankunft zu Hause erkennt sie die Tür und öffnet sich automatisch. Im Gegensatz zu den Vorstellungen der Menschen vor der Großen Wende haben Roboter das Alltagsleben nicht erobert. Dies wäre eine Beleidigung für die fast unbegrenzten inneren Ressourcen des Menschen und würde ihm vieler Ausdrucks- und Erfahrungsmöglichkeiten berauben! Wenn Roboter Einsatz finden, dann nur in technischen oder wissenschaftlichen Bereichen, und ihre Intelligenz dient immer dem Wohlergehen der Menschheit. Nie würden sie daran »denken«, die Menschen zu verdrängen. Die Vorstellung, dass manch einer andere beherrschen wollte, ist seit langer Zeit aus dem planetarischen Bewusstsein verschwunden.

Djomur und Yasha bereiten ein leichtes und nahrhaftes Gericht aus Gemüse zu, das von den Feldern und Gewächshäusern der örtlichen Föderation sowie aus ihrem eigenen Garten stammt. Was für ein tolles Gefühl es immer ist, die Vitalkraft von jedem Gemüse und jeder Pflanze zu spüren, die sich zum Verzehr anbietet! Leise pfeifend deckt Yasha den Tisch im Wintergarten – vom Sonnenuntergang in rosa Töne getaucht –, während Djomur im angrenzenden Wohnzimmer den Ofen anzündet.

Beim Essen verbreitet sich eine samtweiche, runde, nährende Stille aus, in der die Energie aller Wesen mitschwingt – Menschen in ihren Häusern, Tiere, Pflanzen und auch Bodenenergie. Eine echt allumfassende Symphonie! Yasha und Djomur tauschen sich beim Essen wortlos aus, eine schnelle Möglichkeit der Kommunikation, an die Kinder sehr früh herangeführt werden und wodurch sie ihre Gedanken zu beherrschen lernen.

Sie wechseln zur Sitzecke im Wohnzimmer über und kuscheln sich vor den tanzenden Flammen aneinander. Jenseits der Kuppel hat die Welt mittlerweile ihren Nachtumhang angezogen. Es ist so schön, im Warmen neben seinem Liebsten zu sitzen, umgeben von Gemälden, Skulpturen und Gegenständen, die ihnen am Herzen liegen – eher realistische Werke Djomurs, abstrakte Gemälde Yashas, Geschenke von Freunden und nahestehenden Menschen.

In der sanften Stille drängt sich in Djomur ein Bedürfnis zu sprechen auf – einer Blase gleich, die an die Oberfläche des Bewusstseins emporsteigt.

»Na mein Schatz, wie war denn der Tag für dich?« Er lächelt und freut sich über die feine Wahrnehmung seiner Partnerin.

»Schwer zu verdauen, würde ich sagen«, seufzt er, offensichtlich betroffen von den Enthüllungen der letzten Stunden. Yasha bleibt still.

»Manche Aspekte des Films helfen mir Leiden zu verstehen, die unsere Gesellschaft noch belasten«, spricht er weiter. »Obwohl ich so vielen Menschen im Laufe von so vielen Jahren geholfen habe, hatte ich das Ausmaß der ausgedrückten und immanenten Gewalt der früheren Gesellschaften nie wirklich erfasst.«

Er überlegt einen Augenblick. »Es ist total unvorstellbar, dass unsere Ahnen so viel Gewalt über Hunderte und sogar Tausende von Jahren ertragen haben! Was meinst du als Historikerin und Gedächtnishüterin?«

Eine Fragestellung, die Yasha gut kennt – als ihre eigene und die von unzähligen Personen, für sie in den letzten vierzig Jahren durch die Vergangenheit gereist ist.

»Es ist so, dass zu allen Zeiten manche Menschen gegen die Tyrannei ihrer Politiker sowie gegen Ungerechtigkeit und Willkür vieler Entscheidungen rebelliert haben. Leider war der allgemeine Bewusstseinszustand zu niedrig, um eine grundlegende Änderung der Denkweise herbeizuführen trotz mancher günstigeren Phasen. Noch dazu kam, dass die immanente Gewalt, wie du sie nennst, sich allerlei Erfindungen zu bedienen wusste, die ihre Vorherrschaft etablierten oder verstärkten.«

Sie stöhnen gemeinsam, den Blick auf die Flammen gerichtet. Djomur befreit sich aus ihrer Umarmung, lehnt sich nach hinten an und schließt die Arme um seine angewinkelten Beine.

»Ich muss ständig an eine Aussage Shimas denken«, meint er.

»An welche denn?«

»Als er von den Beziehungen zwischen Männern und Frauen gesprochen hat und gesagt, dass sie sehr ungesund gewesen seien, weil die Männer die Frauen verachteten und gleichzeitig von ihnen zum Geborenwerden abhängig waren. Es macht mich schwindelig!«

»Ich weiß. Was Shima allerdings nicht gesagt hat, ist, wie stark Männer Frauen zur Befriedigung ihres Sexualtriebs genutzt haben, ohne Rücksicht auf weibliche Empfindungen. Das ist die ganze Vergewaltigungs- und Inzestproblematik der früheren Gesellschaft ... Jahrhunderte lang wurde sie totgeschwiegen.« Yasha muss an die vielen Szenen denken, die sie im Laufe ihrer Forschungen erlebt hat.

»Das Schlimme ist, sie wurde nicht nur totgeschwiegen, sondern als normal betrachtet«, fügt sie hinzu.

»Wie abstoßend!«

»Dazu kam noch die sogenannte *Ehepflicht*, wie du wahrscheinlich weißt«, ergänzt Yasha mit bedrückter Stimme. »Institutionalisierte Gewalt im intimsten Bereich menschlicher Beziehungen!«

Mit seinem ganzen Wesen erschauert Djomur. Nach einer Pause sagt er nachdenklich: »Ja, ich weiß ... Wenn ich Menschen begleite und ihnen helfe, ihr Energiefeld zu reinigen, entdecke ich immer wieder in der Ahnenreihe Ereignisse, die von Sexualgewalt geprägt sind und trotz unserer tollen Entwicklung in der Zwischenzeit das heutige Unwohlsein mancher erklären. Bislang dachte ich angesichts der Zahl der Menschen auf diesem Planeten, dass diese Fälle zwar relativ häufig vorkamen aber dennoch Einzelfälle waren. Jetzt begreife ich, dass dies ein systemisches Problem war. Das ist regelrecht erschütternd.«

»Ja, und die Kehrseite der Medaille war natürlich der Hass oder die Verachtung der Frauen gegenüber Männern. Dies wiederum führte oft zu verbaler und psychologischer Gewalt und sogar zum Mord ... Ganz abgesehen von den Kindern, den kollateralen Opfern, die diese Muster später fortführten.«

Yasha fügt noch hinzu: »Man muss allerdings fairerweise sagen, dass Bedrängnis der Männer durch Frauen durchaus existierte, und bedenken, dass die damaligen Menschen einen viel stärkeren Sexualtrieb als wir hatten, wobei die meisten nicht wussten, wie sie diese Energie anders als in der körperlichen Vereinigung transformieren konnten – bis auf ein paar Weise …«

Djomur steht auf, holt sich in der Küche ein Glas Wasser und kommt zurück, in Gedanken verloren. »Momentan frage ich mich, ob es eine so gute Idee war, uns diesen Film zu zeigen. Er lässt viele negative Aspekte des Lebens in der Alten Welt aufs Neue aufleben.«

»In den Räten haben wir bei der Filmmontage tatsächlich darüber diskutiert, es war wichtig. Wir sind aber zu dem Schluss gekommen, dass wir heute energetisch ganz woanders als unsere Ahnen stehen. Klar, heute wurden die Menschen mit einer Art zu sein und zu leben konfrontiert, die sie nicht ahnten und sie bestimmt schockiert hat. Andererseits kann man sich kaum vorstellen, dass irgendjemand auf dieses Niveau wieder abrutschen möchte!«

»Wahrscheinlich hast du Recht… Ja, der Film war ein richtiger Schock für mich. Am Ende wollte ich nur noch raus, frische Luft atmen und die Sonne auf meiner Haut spüren. Ich sehnte mich danach, die Harmonie zwischen uns allen sowie meine Freundschaft für Sinja, Polur und Douli zu spüren. Auch sie waren ziemlich mitgenommen. Wir haben kurz miteinander gesprochen, dann bin ich in den Laubwald hinter dem *Pavillon* gegangen, um aufzutanken. Ich habe eine ganze Weile mit dem Rücken an unserer Lieblingseiche gestanden. Ihre Vitalität und ihre Weisheit zu spüren hat mir unheimlich gutgetan! Auf dem Rückweg zum *Pavillon* habe ich ganz viele Menschen gesehen, die ebenfalls auftankten.«

Yasha hört aufmerksam hin. Wie groß sind Djomurs innere Stärke und Schönheit! Ihre Augen werden feucht und ein Liebeslied erfüllt ihr Wesen. Wie ein Echo hören sich nun Djomurs Worte an: »Als ich bei der Eiche war, empfand ich auf einmal so viel Mitgefühl und Liebe für unsere Vorfahren, wie ein großes Verzeihen für alle vergangenen Grausamkeiten und Dummheiten. Danach ging es mir besser!« Er geht kurz auf und ab im Wohnzimmer und fragt – immer noch stehend:

»Hast du all das gewusst? All die hässlichen Dinge? Vor dem Film, meine ich.«

Yasha nickt schweigend.

»Und wie hältst du all diese Schrecklichkeiten aus?« Er ist tief betroffen – ein Beweis seiner Verbundenheit mit der Frau, mit der er die meiste Zeit verbringt.

»Wie ich das mache? So genau weiß ich nicht. Zum einen sind meine Forschungen immer ein Abenteuer, wie schon oft gesagt. Das finde ich absolut super! Und ich stelle diese meine Begabung allen gerne zur Verfügung. Was der Film vielleicht nicht genug aufzeigt, ist, dass man unheimlich viele spannende und positive Entdeckungen macht, wenn man sich in die Vergangenheit begibt.«

»Zum Beispiel?«

»Wenn mir danach ist, kann ich Leonardo da Vinci beim Malen der Mona Lisa beobachten, dabei sein, wenn Newton die Formel der Schwerkraft entdeckt oder wenn Einstein seine Relativitätstheorie entwickelt. Oder den Anfang der Renaissance miterleben und Mozart beim Komponieren zusehen. Ich kann ihre innersten Gefühle spüren. Das ist wunderschön! Ich liebe es auch, mich mit den Staatsgeheimnissen zu beschäftigen und die Lügenstränge, die um sie gesponnen wurden, auseinander zu nehmen, um die Wahrheit an den Tag zu fordern. Du kannst dir nicht vorstellen, wie verdreht alles war!«

Sie lacht kurz. »Auf diese Weise lerne ich die Psychologie der Menschen in den verschiedenen Zeitaltern kennen. Das ist absolut spannend!« Yasha hält inne, blickt in eine unsichtbare Ferne und redet weiter. »Viel ist zwar erforscht worden, aber es liegt noch so viel in den entrückten Windungen der Vergangenheit. Vor allem für mich interessant, weil ich die Ereignisse so erlebe, als ob ich dabei wäre. Meine Vorgehensweise ist überhaupt nicht theoretisch!«

»Wenn ich richtig verstehe, verkehrst Du mit den Großen und Mächtigen der Welt von früher«, sagt Djomur und lacht. »Das hattest du mir nie verraten!«

»Zum Teil, und das kann tatsächlich blenden, obwohl sie mich nie wirklich wahrnehmen«, räumt Yasha ein. »Die Herrschsucht und der Stolz dieser Charaktere sind uns mittlerweile so fremd geworden, dass ich mich oft sehr unwohl in ihrer Nähe fühle, weißt du. Ehrlich gesagt, es gefällt mir besser, wenn ich erlebe, wie Unbekannte auf einmal eine differenziertere Wahrnehmung ihrer Welt bekommen, wenn Menschen zusammenkommen und sich bei einer Naturkatastrophe gegenseitig helfen, wenn Kinder die Schönheit der Welt bewundern. Oder wenn ich die Zyklen der Natur beobachte, die unsere Vorfahren als wild bezeichneten.« Djomur betrachtet Yasha mit liebevoller Bewunderung. »Du bringst mich immer wieder ins Staunen, mein Schatz. Ich fange erst an richtig zu kapieren, was deine Arbeit ist. Du bist eine sehr starke Frau«, behauptet er, indem er sich wieder zu ihr setzt.

Yasha zuckt mit den Achseln. »Jeder sein Ding in den Diensten aller, wie du so oft sagst. Du stellst der Gemeinschaft deine Kraft auf andere Weise zur Verfügung. Du hörst zu, du heilst, du begleitest. Das ist nicht immer einfach, wie ich weiß. Egal wo du hingehst, bekommst du Beifall und die Menschen sind dir dankbar«, betont Yasha. Djomur nickt schmunzelnd, dann fragt er:

»Ich würde gerne wissen, ob dir der Film heute überhaupt irgendwas Neues gebracht hat, da du ihn schon gesehen hattest.«

»Ja, natürlich! Wir hatten ihn uns angesehen – aber auf einem kleinen Bildschirm. Wir waren darauf aus, Montagefehler, widersprüchliche Aussagen, usw. zu finden. Wir waren gleichzeitig Zuschauer und Akteure, wenn du so willst. Heute konnte ich nur Zuschauerin sein. Eine ganz andere Perspektive«, sagt sie nachdenklich. »Um auf deine Frage zurück zu kommen, dieses Mal ist mir am meisten die etwas gräuliche Haut der Stadtbewohner aufgefallen, eine Art Entrücktheit sowie die Dichte der Luft. Ebenso am Filmende der Unterschied zwischen dem Boden, der im Einklang mit der Natur angebaut wurde, und dem, was wir heute kennen.«

Yasha pausiert, der Wirkung ihrer nächsten Worte sicher: »Hast Du zum Beispiel gemerkt, dass der Ort, den wir mit Shima am Ende des Films besucht haben, genau die Stelle ist, wo du, ich und unsere übrige örtliche Föderation leben? Das gesamte Ökosystem hat sich in der Zwischenzeit komplett geändert und die Landschaft neugestaltet. Unglaublich, nicht wahr?« Djomur verschlägt es fast die Sprache.

»Bist du dir sicher?«

»Ja, zu hundert Prozent.«

»Unvorstellbar!«

Stille breitet sich aus. Jeder verliert sich in seinen Gedanken. Draußen wird der Wind stärker und erste Regentropfen trippeln leichtfüßig auf dem Everit der Kuppel, als wollten sie einem sehr langen Tag ein Ende setzen. Die Körper entspannen sich in der molligen Wärme des Feuers. Yasha löst ihre langen Haare und gähnt. »Ich glaube, dass …«

Ohne auf das Ende des Satzes zu warten, hebt Djomur sie in seinen kräftigen Armen und trägt sie ins Schlafzimmer, wo er sie zärtlich aufs Bett legt. Yasha lässt ihn lächelnd gewähren.

»Voilà, Madame kann sich jetzt ausruhen«, proklamiert er mit vorgetäuschter Ehrerbietung.

Yasha lacht los und fällt ihm um den Hals, bevor sie in das Bad nebenan verschwindet. Wenn sie wieder herauskommt, liegt Djomur brav unter der strahlend weißen Bettdecke und gibt vor zu schlafen. Ein kaum wahrnehmbares Lächeln verrät ihn aber. Yasha schlüpft zu ihm unter die Decke in freudiger Erwartung der Liebesnacht, die vor ihnen liegt, exquisiter Verschmelzung, die den Weg zum Heiligsten im Leben öffnet …

Nolwin B. Kellam

Nous

Un conte du futur
pour le temps présent

Il sera une fois un jeune matin de printemps à une heure où dorment encore la plupart des humains, bien au chaud sous leurs couettes. Yasha, elle, est déjà éveillée. A pas feutrés, elle enfile une tunique de laine légère et se glisse hors de la maison. Sur le seuil, pause. La fraîcheur de la nuit pâlissante lui fouette le visage. Du sol monte une humidité poivrée qu'elle respire avec délices, yeux fermés. Une fois. Deux fois. Trois fois. Ainsi vivifiée, elle avance sans hâte au long de l'allée enherbée, pieds nus pour mieux en ressentir la caresse contre la plante de ses pieds : ce sont mille picotements qui aiguillonnent un peu plus ses sens. Elle frissonne, le sol est encore bien froid ! Partout bat, bien présent, le pouls universel de la vie.

Les hautes herbes qui entourent la mare lui offrent un peu de leurs perles de nuit. Celles-ci roulent en minces cascades sur son visage tandis qu'elle atteint le fond du jardin où une large pierre plate, échouée ici il y a bien longtemps, invite à prendre place. Yasha adore lui rendre visite à ces heures matinales et admirer de là le lever du soleil. Elle caresse la surface rugueuse en signe de salut et s'installe pour assister une nouvelle fois à l'éveil du monde : les merles braillent à qui mieux-mieux, les moineaux piaillent, les mésanges volètent d'arbre en arbre et les poissons font des petits bonds hors de l'eau. De l'étang proche parviennent les croassements des grenouilles. Quelle joie d'être au milieu de cette activité printanière, accueillie dans la matrice de l'obscurité qui pas à pas se retire. Tout autour, les mondes invisibles œuvrent sans relâche à créer la luxuriance de la nature. En effet, à cette époque, il est normal pour les humains de communiquer et coopérer avec les entités élémentaires et les énergies de la terre dans leurs interactions avec la nature. Yasha se sent bercée, étonnée, ravie comme aux premiers jours de son enfance, créature unique parmi

une multitude d'autres ! Yeux clos, elle savoure ces moments d'intimité avec le monde et se fait silence. Une grande paix descend en elle.

Les rayons qui caressent ses paupières la ramènent à la réalité de cette journée qui promet d'être riche en impressions. La majorité des étoiles s'est retirée dans l'infini où s'allument les premiers feux du jour. Les arbres se découpent bientôt sur la pureté aigue-marine du ciel, le jardin renoue avec ses couleurs – tendre palette de verts, taches de feu des tulipes, notes bleues des myosotis, accents vermillon des premiers coquelicots. Tandis que Yasha retourne à pas lents vers la maison en se penchant çà et là vers un calice ou une herbe odorante pour en goûter les parfums, Miatsou, sa chatte trois couleurs, vient se frotter contre ses jambes en guise de salut.

L'heure de partir à la cérémonie est venue. Jomour, l'ami de cœur de Yasha lui sourit. De taille moyenne, mince, il a revêtu un shalwar kameez de soie brodé de fil d'or dont la blancheur fait ressortir sa peau mate, ses yeux gris et ses cheveux bruns. Yasha porte un chemisier blanc à passementerie vert d'eau et une ample jupe émeraude qui danse autour de ses jambes à chacun de ses pas. Pour compléter sa tenue, elle a choisi de fines bottines vert-doré et piqué les toutes premières roses du jardin dans ses cheveux relevés en chignon.

- Tu es magnifique, fait Jomour en déposant un baiser sonore sur les lèvres de Yasha.
- On y va ?
- On y va !

Main dans la main, ils sortent de la maison et la porte se referme automatiquement derrière eux sans le moindre bruit. Jomour partage la vie de Yasha depuis cinq ans dans la plus grande liberté. Il a des doigts magiques pour extraire les racines des maux, qu'ils soient physiques ou non,

pour débloquer les articulations, pour faire monter le plaisir, aussi. Il est le meilleur des amants passés et présents qu'elle ait connus. A cette époque, il y a bien longtemps que le carcan du mariage à vie a disparu de la société, libérant les relations entre les êtres, éliminant les racines de multiples sentiments comme la honte, la dissimulation, la concupiscence ainsi que de nombreuses sources de malheur. Tout au plus, si les partenaires le désirent, y a-t-il des unions à durée limitée, renouvelables ou non.

Ils ne sont bientôt plus seuls sur la route qui mène au *Pavillon de l'Harmonie*, le lieu de rencontre, de célébration et de décision situé à équidistance des cinq villages de leur fédération locale, tel le moyeu d'une antique roue en bois. Partout, des gens revêtus d'habits de fête sortent des jardins : seuls, en petits groupes, par deux, avec ou sans enfants. Beaucoup de blanc et de couleurs pastel. On se salue, on s'embrasse et on s'admire réciproquement. Les enfants courent en riant et criant autour des adultes.

Une brise effleure les cheveux et imprime un doux mouvement de balancier aux arbres et aux herbes le long du chemin tandis que de tendres cirrus dérivent sur le saphir du ciel. Des deux côtés, les multiples parcelles cultivées où volent des papillons multicolores offrent une profusion de plantes et d'arbrisseaux en plein développement. Un soupir de joie et de gratitude pour la perfection de l'instant monte aux lèvres de Yasha, qui serre un peu plus fort la main de Jomour. Il répond à la pression de ses doigts par un sourire espiègle.

Une mobile les dépasse sans bruit avec quelques aînés à son bord qui adressent de grands saluts de la main à la troupe joyeuse. Le dôme étincelant du *Pavillon de l'Harmonie* se détache bientôt d'un bouquet de pins odorants. Le *Pavillon*, c'est un grand bâtiment rond à la pointe de la technologie, conçu en forme d'igloo et recouvert d'éverit, une matière photosensible qui filtre automatiquement la lumière en fonction de la luminosité extérieure. C'est aussi la réplique en plus grand et plus complexe des habitations individuelles, chacune organisée sous une coupole et faite pour résister à tous les temps. Un aspect moins important qu'il y a quatre-vingts ou cent ans, car l'atmosphère s'est bien apaisée depuis le Grand

Tournant. De larges parterres où se mêlent fleurs et légumes en devenir, herbes, buissons et arbres encadrent l'entrée de leur opulence.

A leur arrivée, des groupes bavardent déjà en attendant l'ouverture des hautes portes de lapis-lazuli.

- Coucou, Yasha, ma chérie, quelle chance on a, non ? lance une voix venue de la gauche.

Sans lâcher la main de Jomour, Yasha se tourne et découvre Iva, son amie de jeunesse, en compagnie de son partenaire Tomo, de son fils Pator et de sa petite-fille Anela. Iva court vers Yasha et l'embrasse avec sa fougue habituelle. Iva, qui est aussi brune que Yasha est rousse, a revêtu aujourd'hui une tunique au rose éclatant sur une jupe à pans d'un tendre violet. Après cette amicale étreinte, leur petit groupe se lance dans une discussion animée tandis que les gens continuent d'affluer.

L'atmosphère est ronde de bienveillance, de curiosité et de la certitude que ce jour particulier leur réserve quelques surprises. L'air embaume la résine des pins proches réchauffés par le soleil.

Quand Yasha pénètre à l'intérieur du *Pavillon de l'Harmonie*, elle est toujours saisie du même sentiment ineffable de joie, de sérénité et de ravissement. Pour l'exprimer, elle dit souvent avec un sourire d'excuse et un éclair d'humour dans ses yeux verts que « ravissement est un bien grand mot, mais c'est celui qui correspond le mieux à ce que je ressens, un état propice à vivifier ma sensibilité. » L'atmosphère de ce bâtiment multifonction et de sa grande salle de réunion sous la coupole est toujours accueillante pour les sens et l'âme. Tout ici a une vibration fine. Quand les portes s'ouvrent ce matin, une senteur d'agrume embaume l'espace intérieur baigné d'une douce lumière bleutée, à la fois apaisante et vivifiante. Des rangées de chaises bleu nuit ont trouvé place en demi-cercle de part et d'autre de l'allée centrale et autour d'une estrade située en-dessous de la coupole. Une toile blanche a été dressée à l'arrière-plan. De grands cristaux de roche brillent le long de la paroi extérieure transparente. Ils sont là pour harmoniser l'énergie, de même que de magnifiques géodes d'améthyste. Chaque pierre a son nom, sa personnalité et son rôle particulier. Près d'elles prospèrent de magnifiques fougères.

Les gens arrivent par petits groupes et les chaises sont bientôt toutes occupées. Personne ici n'est étranger à personne. Au contraire, des liens de profonde affection relient tous les êtres. Partout, on s'envoie des bonjours et on se fait des signes de la main. Ibella et Losenn appellent Yasha des rangées arrière. Elle leur envoie des baisers aériens qui allument de larges sourires sur leurs visages enfantins. Les conversations continuent à aller bon train.

Quelques personnes issues du conseil des femmes et du conseil des hommes montent maintenant sur scène. Le silence se fait peu à peu dans la salle.

- Chers tous, bienvenue ce matin au *Pavillon de l'Harmonie*. Nous nous réjouissons de notre présence en si grand nombre, car, ainsi que vous le savez, nous inaugurons aujourd'hui les célébrations du centenaire du Grand Tournant, comme partout sur Terre. C'est un très grand moment !

La voix de Lomus vibre de solennité. Assise à la cinquième rangée, Yasha voit combien ses yeux disent la joie.

- Pour commencer, je vous propose un moment de silence afin de nous centrer et de ressentir une fois de plus notre connexion à Mère Terre, au cosmos et à tous les êtres vivants ainsi qu'à tous ceux qui se réunissent aujourd'hui pour cette même raison.

Une douce musique aux sons cristallins emplit la voûte. Un intense silence naît des profondeurs de chacun et enveloppe les participants tel un opulent manteau.

Quand la musique s'estompe, un groupe d'enfants tout excités monte sur scène avec Manija, une femme de vingt-cinq ans. Les plus jeunes n'ont pas beaucoup plus de six ans, les plus âgés entrent à peine dans l'adolescence. Ils se répartissent en deux groupes, à gauche l'orchestre, à droite le chœur, puis attendent le signal, sérieux soudain. Sur un mouvement de tête de Manija, l'orchestre lance les premières notes, bientôt suivi par le chœur. Avec fougue et concentration, filles et garçons donnent le meilleur d'eux-mêmes. Chez les musiciens, certains ont le visage rouge d'excitation, d'autres pressent un bout de langue entre leurs lèvres, d'autres encore se tiennent très droit sur leur chaise. Ils exécutent

aujourd'hui un morceau composé spécialement par eux pour l'occasion.

Le chant, la musique en général, la danse, le sport et l'art font partie intégrante de la vie de la fédération et sont ouverts à chacun dès le plus jeune âge. Champs infinis d'exploration et d'épanouissement, ils sont aussi source d'échange, d'expression personnelle et collective, de recherche. Ainsi, chaque réunion, quel qu'en soit le sujet, comporte un volet artistique qui permet souvent d'arriver à des conclusions ou à des solutions inédites. Dans la joie et la bonne humeur !

Les musiciens et le chœur sont chaudement applaudis. Suit un groupe de saltimbanques, puis Naïma, un homme d'une quarantaine d'années du village des Fourmis, qui propose un numéro de prestidigitation. L'intermède artistique se conclut sur un magnifique duo donné par un jeune couple du village des Colibris.

Une fois les applaudissements retombés, c'est Lalla qui s'avance. Grande, svelte, cheveux poivre et sel, sa voix sonne clair sous la coupole.

- Aujourd'hui, nous tenons la première commémoration des événements qui ont rendu possible notre société actuelle avec ses principes fondateurs que sont l'amour et le respect d'autrui et de toutes les formes de vie sur Terre.

Une infime trace de souffrance coule toutefois sous ses mots. Elle est en effet de ces aînés qui ont connu les aspects douloureux de la transition...

Les quatre femmes et les quatre hommes présents sur scène prennent la parole à tour de rôle. Jomour se tient bien droit sur sa chaise, son attention totalement concentrée sur ce qui se dit ; Yasha écoute et observe les réactions de l'assistance. C'est Ohéna qui conclut l'entrée en matière, très digne dans sa longue robe crème moirée d'or.

- Certains d'entre vous se demandent sans doute pourquoi nous avons attendu aussi longtemps avant de fêter la naissance de notre société. La plupart des comités consultatifs du monde, dont nous faisons aussi partie, ont estimé que nous avions besoin de temps pour ancrer la nouvelle réalité en nous et dans le sol, en tant qu'individus et en tant que sociétés. En effet, les bouleversements ont été majeurs et il convenait

de laisser les modes révolus de pensée et d'action définitivement derrière nous.

Nos plus anciens ont connu le monde d'avant et pourront évoquer plus tard leurs souvenirs, car, pour la majorité d'entre nous, cet Ancien Monde relève désormais de la légende.

Au niveau de la fédération locale, il nous a semblé bon de placer cette journée sous le signe des progrès accomplis depuis sa disparition. Pour cela, nous vous proposons un événement tout à fait inédit : un voyage dans le temps. Cependant, nous ne voyagerons pas par la pensée comme d'habitude, mais en recourant à une technique qu'on appelait « cinéma » au vingtième siècle. On produisait alors des images animées à l'aide d'une caméra et d'appareils d'enregistrement du son pour créer des films que nos ancêtres projetaient sur une surface blanche spéciale qu'ils appelaient « écran ». Nous avons installé un écran de projection d'images animées de l'époque à l'arrière de la scène et un projecteur, tout aussi ancien, en hauteur et derrière vous.

Je ne vous cache pas que le voyage qui nous attend constitue un défi et que les images présentées ne sont pas toutes belles, au contraire. Accueillons-les malgré tout dans nos cœurs avec compassion, car elles nous rappellent un temps pas si éloigné de nous. Comme nous le savons tous, la pleine conscience passe, aussi, par la confrontation à l'obscur ! Peut-être serait-il bon toutefois pour les plus jeunes enfants de ne pas assister à la projection, qui pourrait les choquer. Un groupe d'accueil est prévu pour eux à l'extérieur. Merci d'être présents pour cette aventure !

Les paroles d'Ohéna ont causé une infime tension dans la salle, assortie d'un véritable suspense. Yasha, elle, est très curieuse des réactions du public, des siennes aussi, face à ce grand écran. Si elle connaît le film pour avoir participé à sa réalisation, la plupart des gens autour d'elle n'ont l'expérience des rétro-voyages qu'au sein de la nouvelle ère planétaire. Voir défiler des informations devant son regard intérieur et assister à leur projection sans avoir de prise sur le déroulé sont des expériences à peu près aussi différentes que se couler sous le jet de la douche et être attrapée

par une saucée glacée en plein hiver !

Les panneaux d'éverit s'obscurcissent lentement. Le silence s'installe. Bientôt, un ronronnement inhabituel emplit l'espace et un faisceau de lumière jaillit par-dessus les têtes, du projecteur vers l'écran. Un « oh » collectif traverse le public. Certains sont fascinés par ce qui se passe au-dessus d'eux, d'autres murmurent à leurs voisins des explications techniques d'une voix pleine d'excitation. Les premières images surgissent. Yasha se renfonce dans son siège.

Apparaît sur l'écran un homme aux yeux sombres et bridés qui marche à pas lents à travers une forêt et se présente comme étant le conteur.

- Shima ! s'écrient d'une seule voix les plus jeunes.

Ce qu'il est bizarre !

Certains rient, d'autres regardent l'écran bouche-bée sans bien comprendre ce que leur instructeur bien-aimé fait là.

Il a belle allure, Shima, et se tient droit et plein de dignité dans ses habits à la coupe parfaite, ses longs cheveux noirs brillant au soleil. On appelait autrefois ce type de vêtement queue-de-pie, sauf que celui de Shima est d'un blanc iridescent, assorti à son chapeau-claque. D'une voix profonde et caressante, il s'adresse au public.

- Je me réjouis beaucoup de savoir que vous êtes tous là, pleins de curiosité, prêts à découvrir notre passé commun. Un passé encore si proche et qui, pourtant, nous est si étranger ! Un passé qui a permis l'éclosion vers l'harmonie de notre présent, grâce à quelques centaines de milliers de personnes courageuses.

En bon acteur, Shima marque une courte pause avant de poursuivre, l'air grave.

- Je vous invite à m'accompagner dans le passé d'il y a cent ans. Pour vous les enfants, un temps très éloigné ; pour les plus anciens parmi nous, un souvenir. Dans le langage des étoiles et des planètes, à peine un battement d'aile. C'est la relativité du temps... A cette époque, notre planète connaissait des jours extrêmement sombres, personne ne savait si le mot avenir avait encore un sens pour l'humanité. Difficile à imaginer pour nous et pourtant, cela fait partie de notre histoire !

Shima a entre-temps quitté la forêt et se rapproche en parlant d'un appareil d'aspect complexe fait de métal, de tuyaux et de câbles et d'une sorte d'éverit. Il caresse le curieux engin.

- Ceci est une machine à parcourir le temps que j'ai sauvée de la démolition. Elle provient de ce qu'on appelait alors le Nord de l'Italie, date du vingtième siècle selon l'ancien calendrier et est parfaitement fiable. Elle m'a déjà permis de me déplacer en chair et en os à travers les espaces-temps les plus divers. A tout de suite !

Il monte dans la machine, attache une ceinture, ferme la porte et fait un petit signe de la main avant de disparaître dans un éclair bleu. Un noir de velours habite l'écran durant quelques secondes. La salle retient son souffle.

Puis Shima réapparaît, tenant à la main une sorte de bâton coiffé d'une boule qu'il tient devant la bouche.

- Coucou, chers amis ! Est-ce que vous m'entendez ?

Voilà, je suis arrivé dans l'Ancien Monde. Il fait bien sombre ici, n'est-ce pas ? Tout d'abord, ce que je tiens à la main est un microphone et servait à enregistrer les sons dans l'ancienne technique cinématographique.

Il secoue son microphone avec la joie d'un enfant qui vient de recevoir un nouveau jouet.

- En fait, venir ici n'est pas très compliqué d'un point de vue technique. La plupart d'entre vous n'aurait aucun problème à maîtriser le savoir nécessaire. Mais ce type de voyage n'est pas sans incertitudes. D'abord, parce que tout ici est plus dense que chez nous, que ce soit les corps ou l'air. Les mentalités sont plus grossières, la nourriture en général aussi... Quand on est dans l'Ancien Monde, on a du mal à se projeter dans notre monde de l'avenir alors que, en définitive, seule une très fine membrane temporelle nous en sépare.

Il hoche la tête et fait un saut de côté pour esquiver une bicyclette.

- De plus, l'arrivée en tant que telle n'est jamais sans risque ! Vous n'avez pas pu la voir, mais je vous le dis, elle a été chaotique et dangereuse. Partout des objets en métal qui se déplacent dans les airs et parcourent les rues à toute vitesse ! Une horreur ! Il faut dire que j'ai atterri

en plein centre-ville d'une métropole, c'est à-dire d'une très grande ville telle que nous ne les connaissons plus.

Sur l'écran, on voit le désordre qui règne dans les rues, les véhicules de multiples couleurs qui roulent dans tous les sens et semblent ne jamais vouloir s'arrêter, sauf pour de brefs instants aux intersections. En bon pédagogue, Shima énonce le nom des différents moyens de transport : avions dans le ciel, voitures dans les rues. Plus loin, il y a des trams et des trains. Que c'est primitif par rapport aux moyens de déplacement du Nouveau Monde, si élégants, propres et silencieux ! Un peu plus tard, on est au port, avec plein de gros bateaux bedonnants. Toutes ces images s'accompagnent de bruits stridents, de grincements et vrombissements qui déchirent la quiétude habituelle du *Pavillon*. Shima crie maintenant dans son microphone :

- Il y a encore une chose dont je ne vous ai pas parlé, c'est la puanteur qui règne ici. Je ne peux pas vous l'envoyer par le micro ni l'image. Heureusement pour vous ! Vous en tomberiez de votre chaise ! Et si, malgré tout, vous vouliez savoir à quoi elle ressemble, vous n'auriez qu'à faire un petit voyage le long des lignes-temps avec l'un ou l'autre des gardiens de la mémoire.

Un murmure parcourt la salle tel une vague molle.

- Pauvre Shima. S'exposer à tout ça pour nous ! fait quelqu'un.

Yasha, elle, ressent dans ses narines les mauvaises odeurs dont parle Shima. En effet, elle est une des gardiennes de la mémoire de la fédération : c'est une tâche ardue qui satisfait toutefois son insatiable curiosité. Son rôle consiste à explorer tout le passé de la Terre pour répondre aux innombrables questions de ceux qui ne possèdent ni ce don ni cet intérêt, mais qui ont besoin d'informations, à titre privé ou professionnel, encore que la séparation entre ces deux aspects de la vie soit désormais très fluide : chacun exerce une activité en adéquation avec ses dons si bien qu'il ou elle évolue toujours dans le flux de ses passions.

Le travail de Yasha n'est pas aisé, car il exige d'assister en toute neutralité à une multiplicité d'événements du passé qui sont souvent marqués par la tromperie, la haine ou la volonté d'écraser et de détruire... Les renseignements qu'elle ramène sont entrés dans les immenses systèmes de mémoire que les ingénieurs continuent de perfectionner. Qui sait à

quoi tel détail ramené du néolithique, de villes englouties ou de la Thèbes antique pourra un jour servir ?

Shima entre maintenant dans le vif du sujet et présente sans concession la situation sur Terre il y a cent ans. Les images alternent avec les explications qu'il fournit et aussi, ce qui est particulièrement intéressant, avec des interviews de témoins. La constatation d'un homme de l'époque, un philosophe, précise Shima, fait frissonner plus d'un :

- A mon avis, notre société actuelle repose sur la peur : peur de ne pas faire ce qu'on attend de nous à l'école, à la maison, dans les entreprises ou en tant que citoyen. A chaque niveau, il y a des punitions ou des sanctions, plus ou moins graves selon le manquement.

On voit aussi les rivières polluées où les poissons dérivent, le ventre en l'air, les amas de plastique indestructible en périphérie des villes ou en plein milieu des océans, les décharges sauvages. Les forêts calcinées où ne pointent plus que les spectres torturés de troncs et, d'un autre côté, le massacre de zones forestières à la végétation exubérante par ces engins puants et bruyants alors appelés bulldozers. Partout, une telle violence contre la nature ! Yasha ressent une nouvelle fois au plus profond des tripes cette destruction programmée et frissonne. Autour d'elle, le public découvre avec effroi une réalité qu'il n'a jamais soupçonnée. Beaucoup de gens se masquent la bouche de la main, incapables de croire ce qui se révèle ainsi à leur regard. De-ci, de-là, des exclamations horrifiées percent le silence.

Puis Shima annonce la trance d'une femme chamane rencontrée en Mongolie. Son visage fripé aux traits asiatiques occupe tout l'écran avant qu'elle n'apparaisse en entier. Elle porte des vêtements aux couleurs chatoyantes et un turban aubergine autour de la tête. Ses yeux à l'intelligence vive plongent dans ceux de l'assistance, établissant un contact immédiat entre les consciences par-delà l'espace et le temps. Elle est assise au pied d'une colline, devant un feu dans lequel elle jette des pincées de poudre avant de fermer les yeux. Au bout de quelques instants, un long frisson la parcourt, qui remonte de la base de sa colonne vertébrale vers le sommet de sa tête. Encore plus fanée qu'auparavant, elle articule après un nouveau silence, d'une voix sombre et lente :

- Mes enfants, mes chers enfants !

Comme exténuée, la voix s'arrête :

- Aujourd'hui, je veux et je dois vous parler, moi votre mère. Moi qui vous donne tout pour vous permettre d'exister – vos corps, vos cheveux, votre sang, vos cellules. Tout, tout le temps.

Tout ce que vous mangez et buvez vient de moi, ce qui protège vos corps de la chaleur et du froid, vos habitations, vos vêtements…

Tout, absolument tout, c'est moi qui vous le donne.

Vous savez qui je suis, n'est-ce pas ?

Votre mère, la Terre.

Mais je n'en peux plus.

Vous avez oublié ou feint d'oublier que vous n'êtes qu'une infime partie de mes enfants. Vous vous comportez en égoïstes, en gosses capricieux et aveugles. Vous êtes rongés de cupidité !

A travers le corps menu de la vieille chamane, la conscience planétaire, si respectée du Nouveau Monde, trouve son expression limpide. Elle s'écoule avec la majesté d'un grand fleuve et roule dans ses eaux ce que voulaient ignorer la plupart des humains de l'époque – par paresse, par commodité ou lâcheté.

Les multiples incursions de Yasha dans le passé lui ont appris que cette manière égocentrique de penser le monde était surtout celle des peuples qui se disaient civilisés et méprisaient les habitants des régions de la planète qu'ils appelaient sous-développées. En fait, *les civilisés* concentraient le pouvoir et les richesses, qu'ils allaient d'ailleurs souvent chercher chez les *sous-développés*, et faisaient tout pour que les seconds ne se hissent jamais au même stade de *développement*. En outre, les pollutions de toutes natures, la production d'armes et la destruction provenaient surtout des dogmes énoncés par les *civilisés*. Une vraie plaie pour la survie de la planète !

En Yasha éclot un sentiment de profonde affinité avec la vieille femme, qui, elle, relevait de toute évidence des peuples sous-développés. Le flot des paroles s'interrompt soudain. Le silence sous la coupole est d'une densité extrême. Lentement, la vieille, toujours en transe, reprend :

- Ne vous y trompez pas ! Un énorme tsunami est en cours de forma-
tion. Noire, l'eau, pleine de détritus. Elle brille, noire de votre haine.

De votre arrogance, de votre colère et de votre haine des autres humains.

De votre arrogance, de votre colère et de votre haine des animaux,
des forêts, des plantes et du ciel.

De votre haine envers moi.

Ce sont des paroles fortes, oui, et je les choisis ainsi !

Elle s'interrompt un infime moment avant d'asséner :

- La surface paraît encore tranquille pour l'instant. Mais ne vous y
trompez pas – l'eau garde en mémoire toute votre arrogance, votre colère,
votre haine, toute la pollution, absolument tout. Elle stocke admirable-
ment toutes les informations.

Ne vous étonnez donc pas si, un jour, cette vague vous terrasse. Non
pas que je veuille me venger. Je vous aime trop pour cela. C'est vous-
mêmes qui la déclencherez parce que vous ne vous supportez plus
et que vous n'avez ni le courage ni l'humilité de le reconnaître ! Vous
préférez fuir de l'avant. Jusqu'où ?

Réveillez-vous donc avant qu'il ne soit vraiment trop tard !

La voix de Mère Terre est empreinte d'une tristesse et d'une lassitude
extrêmes qui atteignent les spectateurs au plus profond de leurs cellules.
Consternation manifeste sur les visages.

L'écran s'assombrit quelques instants puis Shima reparaît, toujours un
micro à la main. Soulagement dans la salle. Il porte maintenant un jean,
comme la plupart des hommes de ce temps-là, et une veste en peau et
entraîne le public chez plusieurs peuples dits primitifs, restés proches de
la nature ou ayant fui haut dans les montagnes pour conserver leur sagesse ancestrale. Un baume pour l'âme de recevoir leurs enseignements !

Le répit n'est toutefois que de courte durée. Bientôt s'enchaînent de
nouvelles sources d'effarement : la condition des femmes, la pédophilie,
les guerres, la violence des relations entre hommes et femmes, ce qu'on
appelait le patriarcat, l'exploitation des travailleurs par leurs patrons, le
trafic d'esclaves, le manque de liberté. Shima évoque aussi la manière
dont les Etats dits démocratiques soumettaient leurs citoyens à la vio-

lence alors que les dirigeants avaient été choisis par ces mêmes citoyens. Les effarantes inégalités entre riches et pauvres. Il montre enfin comment les enfants des civilisés étaient contraints d'apprendre, cantonnés toute la journée dans des pièces conçues sans amour.

Yasha est parcourue d'un nouveau frisson. « Comment ont-ils pu survivre ? » pense-t-elle alors qu'un beau jeune homme d'une quinzaine d'années se détache d'un groupe d'adolescents debout sous un arbre dans ce qui paraît être un parc. Le jeune se met soudain à chanter d'une voix à l'incroyable pureté :

> Les forêts se meurent,
> Les fleuves s'assèchent,
> L'air pue sans cesse,
> Le temps vraiment presse.
> Que faites-vous chaque jour ?
> Quand nous protestons,
> Voulons de l'eau pure,
> De l'air frais à respirer,
> Attendons de vraies mesures,
> Vous faites toujours les sourds,
> Nous dites manipulés.

> Mais ne sommes-nous pas la voix de la raison ?
> Mais ne sommes-nous pas la voix de l'avenir ?

> Qui donc manipule ?
> Ignore la situation ?
> Qui toujours persiste ?
> Pense uniquement profit ?
> Quand nous protestons,
> Vous criez et menacez,
> Nous enseignez plein de trucs
> Dont on n'a rien à branler.
> Faut se plier, bachoter
> Faire les gentils mollusques.

Mais ne sommes-nous pas la voix de la raison ?
Mais ne sommes-nous pas la voix de l'avenir ?

Oui, nous exigeons
Une nourriture pure,
De l'air doux à respirer.
Oui, nous aspirons
A la paix, une nature
Intacte, l'honnêteté
Et le respect comme guides.
Espoir, joie, jobs selon
Nos passions, liberté,
Egalité, hiérarchies
A jamais horizontales,
Est-ce rêve vain et vide ?

Car aujourd'hui nous seuls parlons vraiment raison,
Car aujourd'hui nous seuls sommes l'avenir !

Les jeunes autour de lui, entonnent le refrain à pleine voix, de toute leur fougue encore intacte. C'est beau à voir et fait chaud au cœur ! Yasha sourit dans l'obscurité. Puis, de nouveau, c'est l'écran noir. Shima se tait.

Après un assez long silence, une voix masculine se fait entendre dans l'obscurité qui perdure.
- Cher être humain, peux-tu ressentir le profond déséquilibre du monde ?
Bien plus écrasant que l'obscurité dans laquelle tu te trouves ?
T'es-tu déjà demandé d'où il provient ?
Selon ton orientation politique, philosophique ou religieuse, tu as certainement mille explications qui te passent par la tête...
La réponse est à la fois simple et sans concession : nous tous en sommes responsables, nous et notre sentiment d'isolation les uns par rapport aux autres, par rapport à la nature.
« Chacun pour soi et Dieu pour tous » est désormais dépassé.

Pour chacune, chacun d'entre nous.

Pour nous tous.

La voix, chaude, posée et neutre dans ses inflexions, invite à la méditation et au silence intérieur. D'où vient-elle ? A qui appartient-elle ? On ne sait. Elle vibre, puissante dans son immatérialité.

- Cher être humain, tu as l'impression qu'il n'existe pour l'instant aucun moyen de sortir de cette impasse. Tu es pourtant foncièrement bon et rêves d'un monde plus juste pour toi, ta famille, tes enfants, tes proches. Peut-être aussi pour l'environnement, les animaux et les gens de pays lointains. Ressens cette aspiration ancrée en toi, tout au fond de ton cœur.

Un cœur solide empli d'un désir ardent est l'un des ingrédients dont tu as besoin pour cheminer vers un monde nouveau. L'autre, est la lucidité sur l'impasse dans laquelle se trouve le monde, l'impasse où nous nous trouvons tous, où tu te trouves, toi aussi.

Laisse venir en toi maintenant une bienfaisante neutralité, puis tourne ton regard vers l'impasse multiforme où nous nous trouvons. Use de toute ta concentration et de toute ta volonté. N'incrimine personne, vois, observe, ressens-la dans tes cellules. Même si cet examen est douloureux, le ressentir est une clé essentielle de toute véritable transformation !

L'atmosphère distillée par l'écran est lourde, difficile à supporter pour l'assistance qui vit dans un monde de joie, d'entraide, de convivialité, et règle ses différends par consensus au sein des fédérations.

La voix énumère maintenant tous les besoins non-satisfaits des humains de l'époque, comme celui d'avoir suffisamment à boire et à manger, d'être protégé, reconnu. De mener une vie qui a un sens. D'être aimé, respecté, vu, écouté. Le besoin aussi d'exprimer ses dons et d'avoir des perspectives d'avenir.

Elle fait le lien entre tous ces manques et la violence qui règne dans les sociétés du vingt-et-unième siècle, constatant que « les frustrations accumulées cherchent toujours une échappatoire. »

La voix, ou celui à qui elle appartient, ménage des silences et laisse le message dont elle est porteuse prendre toute son ampleur, tel les cercles concentriques dessinés sur l'eau de la mare par la pierre qui y tombe. Im-

perturbable, la voix poursuit son œuvre de déconstruction de l'ancienne réalité.

- Ressens la souffrance, la tienne, celle des humains, des animaux et des plantes, celle de la planète. Dans ton cœur. Tes tripes. Ton bassin. Ressens les tensions dans ton corps, entre les gens, les défiances. Ressens la pression que nous nous mettons. En tant que société. En tant qu'individu. Tu dois, dois, dois – je dois, dois, dois...

La voix suspend son débit dans une pause douloureuse. Yasha la sait essentielle pour préparer le terrain à ce qui va suivre. Ses cospectateurs comprendront-ils l'incroyable portée des paroles à venir ?

La voix immanente se pare d'inflexions presque tendres :

- Si tu écoutes vraiment en toi, une autre voix se fait pourtant entendre, une voix peut-être à peine audible et hésitante. La perçois-tu ? C'est ta voix originelle, qui ne cesse de s'exprimer par-delà le chaos du monde... Que murmure-t-elle à ton cœur ?

Après une pause :

- Que désire-t-elle ? Que te raconte-t-elle ?

Vient un nouveau silence, puis :

- Ecoute vraiment ! Cette voix ne serait-elle pas ton guide le plus sûr, celui que tu attends depuis toujours ?

Quels rêves conte-t-elle dans le silence ? Vers où aimerait-elle t'emmener ?

Suspension des mots dans l'espace.

- Suis simplement ton impulsion première, contemple ton rêve avec elle et vois comme il croît.

Le rêve de ton véritable épanouissement en tant qu'être humain. Celui qui fait de toi un être à part entière, authentique, heureux, libre, dans le respect d'autrui et de la nature.

La voix conclut sur ces mots :

- Le rêve est la clé ! Dès que tu décides de le suivre, l'impuissance glisse de tes épaules comme un vieux manteau troué. Pour cela, pas besoin d'être grand et fort ni de tout connaître à l'avance. Tu as le droit de choisir des actions modestes. Même un voyage autour du monde débute avec le premier pas ! Ne t'isole pas, au contraire, cherche des

alliances avec ceux qui, comme toi, aspirent au renouveau.

Malgré ce que te renvoie le monde extérieur, ne te décourage surtout pas et souviens-toi... qu'on ne voit jamais le chemin que jusqu'au prochain tournant !

Comme à chaque fois qu'arrive ce moment du film, les yeux de Yasha s'humidifient. A ses côtés, Jomour la regarde, lui aussi ému. C'est son premier visionnement du film, mais il a tout compris !

Lentement, l'écran s'anime de nouveau et Shima sourit, de son bon sourire franc et chaleureux. Tout le monde soupire de soulagement dans le *Pavillon* où l'harmonie habituelle a été mise à rude épreuve. Heureusement que les cristaux sont là pour neutraliser la négativité d'autrefois !

La dernière partie de la projection met un baume aux cœurs en émoi des spectateurs, contant l'éveil progressif des humains, largement porté par les sages des anciennes traditions et les femmes des pays dits civilisés. Malgré tous les inconvénients de leurs sociétés, celles-ci avaient en effet conquis un degré de liberté inconnu ailleurs qui leur a permis de se dégager de nombre de tâches contraignantes, d'écouter leurs désirs, de développer leur intuition, de voyager, d'apprendre, de critiquer l'ordre établi et de faire entendre leur voix. De nombreux hommes, les plus sensibles à la nécessité d'un renouvellement complet de la société, ont aussi porté la transformation de multiples manières.

Comme le souligne plusieurs fois Shima, les évolutions sont passées par de nombreux méandres. En négocier les rapides a exigé ténacité, intelligence et intuition. Il a fallu défaire fil à fil le manteau d'invincibilité dont se paraient certains groupes d'intérêt très puissants. Insatiables criquets, ils maniaient en experts manipulation, peur et coercition, fausses informations et censure, corruption à tous les niveaux de la société. Shima évoque notamment une épidémie d'origine incertaine, qui a été prétexte à intensifier le contrôle des populations, à brandir le goupillon de la peur au-dessus du cercueil de la démocratie, à instaurer la séparation physique entre les personnes, qu'elles aient cinq ou soixante-quinze ans, à tenter des vaccinations de masse menaçant de modifier le génome humain.

Il nous montre aussi des manifestations rassemblant des milliers de personnes au cours de cette période, les interventions télévisées de chefs d'Etat pour tenter de conserver l'ordre établi. Les yeux éteints, aux abois, ils se sont cependant avérés incapables de contenir le glissement qui s'opérait hors de leur portée.

Shima mentionne encore diverses explosions de violence qui ont marqué la transition. Toutefois, malgré les apparences, l'élan de renaissance était profond, partout les consciences s'éveillaient à la possibilité pour la famille humaine de passer à un autre stade de développement, plus équitable, plus consensuel et plus satisfaisant.

En bonne gardienne de la mémoire, Yasha n'ignore pas que l'éveil s'était amorcé bien avant, après ce que les ancêtres appelaient la première *Guerre Mondiale*, en y mettant des majuscules, et s'était accélérée après la *Seconde*. Des horreurs et des boucheries sans nom ! Heureusement, le film ne les mentionne qu'en passant, car cela ferait se retourner les organes de plus d'un dans leur corps... Par contre, il insiste sur le fait que, pendant la période qui a suivi, « de plus en plus de gens se sont ouverts à des spiritualités différentes, pratiquant la méditation ou ce qu'ils appelaient le yoga qui les mettait en contact direct avec les ressentis de leur corps. A partir de là, ils se sont peu à peu détachés des dogmes de leurs sociétés d'origine. »

Afin de bien faire comprendre cette évolution, Shima emmène ses spectateurs dans toutes sortes de classes de yoga, mais aussi des groupes de thérapie, de méditation, de chamanisme, d'astrologie, d'éveil par la danse, la peinture, le théâtre, le chant et les autres arts. Une multitude de personnes, de races, de couleurs, se rencontrant sous toutes les latitudes pour développer leur présence authentique au monde. De leur côté, des artistes redéfinissaient peu à peu la finalité de l'art, privilégiant ce qui touche le cœur et l'âme. Très émouvant ! Très beau aussi !

Shima, souriant, présente d'ailleurs un graphique fascinant, issu de ce que l'on appelait à l'époque l'année 2020 : il représente le niveau de conscience des sociétés par rapport à celui de leurs dirigeants. Et là, le contraste est indéniable ! En moyenne, selon les régions de la Terre prises en considération, les populations vibraient à deux, voire trois fois le niveau

énergétique de leurs gouvernants et des principaux groupes économiques. Ce décalage explique toutes les tensions de l'époque : d'un côté, il y avait ceux (la majorité) qui aspiraient à plus de liberté, de paix et d'autodétermination et, de l'autre, la très petite minorité qui entendait continuer à imposer ses desseins de manière autoritaire et par-là conserver, sinon accroître, ses énormes privilèges.

Arrive ensuite une photo du globe terrestre prise de nuit. Les continents apparaissent comme des masses très sombres sur lesquelles se détachent des points de lumière. Plus ou moins concentrés, plus ou moins intenses.

- Ce que vous voyez là, c'est une cartographie de tous les êtres qui, toujours à cette même époque, s'employaient à élever le niveau énergétique de l'humanité en collaboration avec la planète. Cet élan collectif entendait arracher par l'éveil les populations aux jougs d'oppression et d'exploitation dont elles souffraient depuis des millénaires. En somme, la lutte de la lumière contre l'obscurité. Ce qui est formidable, c'est de voir combien ils sont nombreux !

Malgré de grandes zones d'ombre en raison de leur caractère inhospitalier, des centaines de milliers, des millions d'éclats de lumière parsemaient la planète et la faisaient rayonner. Un « oh » d'admiration parcourt l'assistance.

- C'est grâce à eux et à leur volonté farouche de changement vers plus de paix, de respect, d'amour et de plénitude que les anciennes structures ont fini par s'effondrer comme des châteaux de cartes, poursuit Shima d'une voix enthousiaste.

Le film fait valoir qu'un autre grand mouvement s'est amorcé à cette époque : un nombre croissant de gens ont quitté les grandes villes pour être plus près de la nature, pour travailler les sols dans le respect des lois naturelles, s'organisant en coopératives et en communautés. « En somme, les précurseurs de nos fédérations locales, » explique Shima. D'autres encore se sont employés à vraiment mettre l'énorme masse des connaissances au service de l'humain et de la vie sur Terre. Shima sort de sa veste des photos de sites reconvertis en zones de respect-nature, puis entraîne les

spectateurs à leur rencontre. Parfois en l'espace de deux à trois ans, c'est incroyable la transformation qui intervient !

- Voyez comment des sols travaillés en monoculture auparavant deviennent tout d'un coup verdoyants, divers, complexes. Je ne sais pas si vous pouvez les entendre, mais les oiseaux sont de retour et s'en donnent à cœur joie autour de moi ! Nos ancêtres avaient par exemple compris que, quand il y a un ruisseau et qu'on le laisse de nouveau couler et s'enherber naturellement, comme ici, les insectes reviennent aussi, les plantes se diversifient. Tout revit et les cycles naturels reprennent !

La projection s'achève sur une sorte de tour du monde de divers projets d'avant-garde de l'époque qui ont fini par ancrer la nouvelle conscience sur l'ensemble de la planète. Pour terminer, zoom sur le présent et la fédération où vit Shima. Il conclut :

- Quand une transformation énergétique de cette nature se met en marche, rien ne peut l'arrêter – qu'elle dure un, dix ou trente ans. Et nous en sommes la meilleure preuve, n'est-ce pas ?

L'écran s'obscurcit une dernière fois, puis le ronronnement du projecteur se tait. Les parois du *Pavillon* retrouvent doucement leur transparence. Un long silence plane. Plusieurs panneaux d'éverit glissent sans bruit, invitant la lumière extérieure et l'air pur à se déverser dans la pénombre. Peu à peu, tous reviennent au temps présent et remuent, qui les bras, qui les jambes, baillent, s'étirent.

Achor, le responsable technique du *Pavillon*, gravit lestement les quelques marches de la scène.

- Un grand merci à notre cher Shima qui a consacré beaucoup de temps et d'énergie à faire cet incroyable film !

Sa voix vibre d'enthousiasme. Tout le monde applaudit.

- Merci aussi à ceux et celles qui ont l'aidé aux différentes étapes de production.

Nouveaux applaudissements.

- Figurez-vous que nous avons eu l'honneur d'être les premiers à regarder ce film ! Au cours des prochains mois, il tournera dans les multiples fédérations qui en ont fait la demande. Toutes sont déjà très curieuses de son contenu !

Il regarde l'assistance, un grand sourire aux lèvres.

- Chers amis, je pense que nous avons maintenant tous envie de bouger, de profiter du soleil, du bon air et aussi, de nous restaurer.

Hochements de tête, sourires – chacun se réjouit de revenir au temps présent.

Les flots de spectateurs sont accueillis par le soleil de midi. Agréable en cette saison, il cajole les sens, invite à l'insouciance et à la bonne humeur. Les gens hument l'air parfumé, s'étirent ou prennent quelques inspirations profondes avant de s'éparpiller. Plusieurs personnes partent se ressourcer dans la nature proche, d'autres cherchent des yeux connaissances et amis. Beaucoup empruntent les allées qui mènent à l'espace ombragé sous les arbres où sont dressées des tables.

Celles-ci regorgent de victuailles. Il y en a pour tous les goûts – fruits, légumes, fleurs – crus, cuits, en salade, en pâtés ; fromages, œufs, un petit assortiment de poissons et de viandes aussi. Et bien sûr, des jus de fruit frais, de l'eau de source, de l'eau parfumée aux herbes, des boissons fermentées. Chaque table a un thème de couleur, repris par la nourriture et la décoration, ce qui invite à passer de l'une à l'autre pour composer son assiette. Convivialité garantie !

Comme tous les enfants du monde, les plus jeunes courent, crient, sautent et profitent de la journée dans l'insouciance. Ils connaissent bien les alentours, sont habitués à se repérer par leur intuition afin de trouver le chemin du retour et sont toujours accompagnés d'enfants plus âgés qui leur servent au besoin de garde-fou contre leur trop grande intrépidité. Ainsi déchargés, les adultes s'adonnent sans réserve aux plaisirs de l'échange.

En mode vocal ou télépathique, les conversations vont bon train. Yasha s'est assise sur un tronc un peu à l'écart et se laisse bercer par le murmure de l'eau qui s'échappe de la source à quelques pas d'elle. Une eau pure, froide, surgie des tréfonds de la terre et recueillie dans le réceptacle de pierres dorées que lui ont bâti de lointains ancêtres.

Les impressions de la matinée vibrent encore en Yasha. Multiples, con-

tradictoires, pénibles souvent. Comme un coup de projecteur qui donnerait un relief plus acéré aux vestiges d'antan aperçus jusque-là dans la pénombre. Yeux fermés, elle mesure encore plus l'incommensurable distance parcourue depuis l'Ancien Monde et rayonne sa gratitude à travers l'éther.

- Coucou ! fait soudain une voix tandis que deux petites mains se posent sur ses yeux.

Devine qui c'est !

Yasha prétend ne rien savoir et lance, enjouée :

- Lilo ?
- Non ! Essaye encore une fois, ordonne la petite voix, toute excitée.
- Ibella ? Losenn ?
- Pas Ibella, voyons, Yasha ! Moi, c'est Losenn, fait le petit garçon en libérant ses yeux.

Il se tient bien droit devant Yasha maintenant, fier de l'avoir surprise. Elle l'attire dans ses bras et l'embrasse.

- Dis donc, tu m'as bien eue, mon chéri. Où est Maman ?
- Oh, par-là, fait-il d'un geste négligent, comme pour dire « avec elle, on ne sait jamais trop ».

Son petit-fils a trois ans. Cheveux châtain, yeux bleu glacier, joues rosies, il est plutôt grand pour son âge et a parfois des réflexions qui paraissent tout droit sorties de la bouche d'un sage. Pour l'instant, son humeur est ludique. Il s'assoit à côté de sa grand-mère et picore dans son assiette.

- Bientôt, je vais partir en voyage avec Tonton Outoune, déclare-t-il de but-en-blanc, le regard brillant d'anticipation.
- Ah bon, et où ça ?

Yasha est réellement surprise. Aïla, sa fille aînée, ne lui en a pas parlé, or elles ont passé l'après-midi précédente ensemble.

- Ben, quand Tonton Outoune partira en excursisson la prochaine fois avec les grands.
- En excursion ? Et où ?
- Ya pas dit, mais je crois que c'est dans un endroit très haut.
- Dans les montagnes ? Eh bien, tu en as de la chance !

Il hoche la tête en silence. Jomour les rejoint à ce moment-là et prend

place sur le tronc d'arbre. Losenn lui saute au cou et déclare :
- T'es beau !
Jomour sourit, touché par l'élan du petit garçon. Si ces deux-là n'ont pas de lien du sang, ils s'entendent comme larrons en foire, pour reprendre une expression désuète.
- Tu trouves ? C'est gentil de me dire ça.
- Ben oui, si c'est vrai !
- Losenn, tu viens, on joue à cache-cache !
Une fillette de six ou sept ans se tient devant le petit groupe, haletante, yeux bleu-vert, cheveux blonds tressés. Impatiente, elle saisit la main de Losenn qui se laisse faire. Ils disparaissent tous les deux sous les arbres en courant.

L'astre solaire a franchi le zénith depuis un moment déjà quand une voix s'élève par-dessus le brouhaha.
- Chers amis, pour ceux qui ont envie d'approfondir le film de ce matin, je vous propose de nous retrouver très bientôt au *Cercle des Fées*.
- Shima, Shima, tu es de nouveau là !
Plusieurs jeunes entourent le héros du jour ; il rit et tente de se libérer de toutes les mains qui veulent le toucher.
- Oui, oui, vous voyez bien que je suis là. Rien à craindre ! Je ne suis pas resté bloqué dans l'Ancien Monde, fait Shima.
- Ta machine, elle est super cool !
- Moi, je trouve qu'elle manque d'aérodynamisme.
- C'est quoi, son combustible ?
- Ça fait longtemps que tu l'as ?
- En tout cas, ton costume était méga bluffant !
Ils et elles parlent tous en même temps dans leur enthousiasme.
Yasha et Jomour observent la scène avec amusement avant de rallier le *Cercle* d'un pas tranquille, main dans la main.

Le *Cercle des Fées*, c'est un lieu un peu à l'écart du *Pavillon*, juste à la lisière de la forêt de feuillus, où des troncs d'arbre et des bancs sont disposés en rond dans l'herbe drue, parsemée en cette saison de pâquerettes et autres fleurs champêtres. Un coin semi-naturel, en partie à l'ombre de grands pins, où il fait bon se réunir la belle saison venue – pour passer un moment ensemble, écouter des histoires, discuter de nouveaux projets. C'est aussi le lieu de ralliement des groupes de jeunes autour des adultes qui les guident dans leur épanouissement.

A peu près la moitié des spectateurs du matin prend place, le reste préférant prolonger les échanges autour des tables ou au cours de promenades en forêt.

Cette fois, c'est Shima qui ouvre l'après-midi. Comme toujours lors des rencontres, un moment de silence permet à chacun de renforcer sa connexion à son être profond, aux autres et à la nature.

- Je suggère que vous posiez vos questions ou fassiez vos commentaires spontanément. Qui a envie de lancer la discussion ?

Dix doigts de jeunes giclent vers l'avant.

- Moi, Shima, moi !
- Non, moi !

Comme tout à l'heure, Shima rit. Son regard parcourt sans hâte le groupe de jeunes, puis il cède à parole à Molou, un petit gars de quatorze ans, sympathique et plutôt timide, un des rares à ne pas donner de la voix pour faire avancer la cause de son doigt levé. Un large sourire éclaire son visage au teint d'ébène, d'habitude plutôt sérieux.

- Ben, moi j'aimerais bien savoir pourquoi nos ancêtres, ils n'étaient pas comme nous. On se ressemble, c'est sûr, mais on n'est pas pareils.
- Très bien observé, Molou ! Une idée, vous autres ? fait Shima en s'adressant au reste du groupe d'adolescents.

Haussement d'épaules.

- La raison, c'est que, à peu près à l'époque où se passe le film, l'énergie à la surface de la Terre qu'on appelle la fréquence de Schumann s'est mise à sérieusement augmenter. Ce changement se faisait en parallèle aux efforts de beaucoup de gens en vue de se libérer des énergies les plus denses qui régnaient alors sur Terre. Le temps passant et l'énergie continuant à se raffiner, le cerveau des humains a augmenté

de volume, les mâchoires se sont raccourcies et les oreilles se sont modifiées, nous permettant de percevoir des ondes que n'entendaient pas nos ancêtres.

- Trop bien, commente une des filles.

- Oui, d'autant que le corps de certaines personnes d'alors s'est transformé au cours de leur vie. Pour la plupart, les modifications sont apparues à la génération suivante, précise Shima.

Questions et réponses se suivent à un rythme soutenu. Du coin de l'œil, Yasha aperçoit les gambades d'écureuils et de lapins à proximité tandis qu'un peu en retrait, un elfe observe la réunion. Les oiseaux s'en donnent à cœur joie dans les arbres.

Changui, une des grands scientifiques du Centre de recherche et spécialiste des énergies libres, prend la parole :

- A priori, je n'ai pas de question. Je voudrais plutôt dire à quel point j'ai été choquée par le caractère primitif des technologies employées. Elles m'étaient plus ou moins connues, mais je n'avais pas réalisé à quel point elles étaient destructrices. Voir en direct la pollution, la désertification et tout le reste, ça fait vraiment mal !

- Surtout quand on sait qu'il existait déjà de nombreuses solutions plus douces, mais elles étaient passées sous silence pour ne pas nuire aux intérêts des gros groupes économiques, complète Shima.

Leurs paroles résonnent encore un temps dans l'air où bruissent les ailes de centaines d'insectes.

- Qu'est-ce que tu ressens quand tu vas là-bas ? s'enquiert Marda, la voisine immédiate de Yasha et de Jomour au village des Colibris.

- Hum, bonne question...

Shima caresse sa courte barbe noire où pointent des filets de gris.

- C'est assez ambivalent, en fait, concède-t-il au bout d'un moment. Je ressens bien sûr une part d'excitation, comme tout explorateur. C'est une chance inouïe d'avoir hérité de cet engin à parcourir le temps. En fait, il appartenait à un cousin des Papillons qui voulait s'en débarrasser. Je suis arrivé juste à temps pour le sauver des mains des recycleurs !

Il rit comme s'il venait de raconter une bonne blague.

- Il faut dire que j'ai toujours été curieux de savoir d'où je viens. Aussi, quand je l'ai récupéré, je me suis dit : « Allez Shima, mon gars, plus rien ne

t'empêche désormais d'aller toi-même visiter ces lieux et temps reculés ! Je n'oublierai jamais ce moment, » fait Shima d'une voix intense. Ses auditeurs l'écoutent avec une attention extrême.

- D'un autre côté, quand je remonte le temps et débarque, j'ai toujours une certaine appréhension. Même si mon véhicule est fiable pour les allers-retours, il y a une marge d'erreur quant au point d'arrivée due à la rotation de la Terre et aux modifications du champ magnétique intervenues entre-temps. Malgré tous mes calculs, il peut m'arriver de débarquer en plein milieu de la circulation... ou de tomber à la mer.

Petit sourire malicieux.

- Bon, à force d'habitude, j'arrive maintenant à éviter ce genre d'ennui et à trouver un endroit à peu près hospitalier et pas trop visible.

Il marque un temps d'arrêt, caresse de nouveau sa barbe.

- Ensuite, je ressens de la compassion pour nos ancêtres. Ils ignoraient encore beaucoup des choses qui nous paraissent évidentes aujourd'hui, en particulier au sujet de leurs facultés extra-sensorielles. La plupart n'y croyaient même pas, du moins dans les lieux dits civilisés. Ils s'en moquaient même. Comme on peut s'y attendre, cela leur rendait la vie difficile, car ils ne savaient, ni anticiper, ni faire la part entre le vrai et le faux par l'intuition ! Ils n'étaient pas à l'écoute de leurs corps comme nous pour détecter les signaux positifs ou négatifs qui leur parvenaient.

La plupart des personnes hochent la tête, incrédules. Les ancêtres étaient incapables de faire ce que leurs enfants de deux ans apprennent aujourd'hui !

- Yasha, peut-être que toi aussi, tu pourrais dire ce que tu as ressenti, les fois où tu m'as accompagné, fait soudain Shima en se tournant vers elle.

Yasha réfléchit un peu pour rassembler ses impressions en quelques phrases.

- Oui, en effet, je suis partie trois fois avec Shima pour les besoins du film et mes recherches personnelles.

Je souscris totalement à ce qu'il dit. J'ajouterais que j'admire le courage de celles et ceux qui, à travers les âges d'obscurantisme, ont tout fait pour

conserver et transmettre un vrai Savoir et qui se sont mobilisés afin d'accroître le niveau énergétique de leurs contemporains lors du Grand Tournant. J'éprouve aussi une immense gratitude envers les ancêtres qui ont ensuite construit la société dans la quelle nous avons le bonheur de vivre.

Shima hoche la tête en approbation.

- Ce qui m'intéresserait, moi, c'est ce que tu as appelé *la violence des relations entre hommes et femmes*, explique Jimas, un grand gaillard blond, bronzé et musclé d'une trentaine d'années. Short vert en matériau brillant, chemise blanche ouverte sur son poitrail, bandeau vert sur le front, il irradie la santé et la force.

Shima marque une pause avant de répondre.

- Un chapitre extrêmement long et douloureux de notre passé ! dit-il enfin d'une voix assourdie.

Je préfère ne pas entrer dans les détails, qui sont affreux. Disons que les femmes ont été soumises pendant des millénaires à la domination des hommes. Ceux-ci s'arrogeaient tous les droits sur elles, y compris celui de les vendre ou de les tuer, car ils se considéraient supérieurs. Cet aveuglement a entraîné de multiples dérives atroces et engendré une incroyable souffrance. Celle des femmes, bien sûr, mais aussi celle des hommes qui étaient pris à leur propre piège : ils méprisaient les femmes, mais ils naissaient d'elles. Sans femme, pas d'homme ! C'était très malsain.

Une joie soudaine passe sur son visage.

- Heureusement, dans les années qui ont précédé le Grand Tournant, les choses s'étaient mises à bouger et la domination masculine n'était plus aussi extrême, du moins dans certaines régions de la planète. De plus en plus d'hommes revendiquaient leur sensibilité et cherchaient à harmoniser les rapports entre les sexes. Néanmoins, les structures dominantes des pays demeuraient empreintes à des degrés divers de ce mode de pensée, sauf infimes exceptions.

Toutes les personnes présentes ont besoin d'un moment pour assimiler les paroles de Shima.

- On vient vraiment d'un passé aussi sombre ? murmure Toudjin' à côté de Yasha.

Varino, un adolescent d'une quinzaine d'année veut ensuite savoir ce qu'étaient *ces trucs rectangulaires dans lesquels les gens parlaient*. Shima sourit :

- Eh bien, figure-toi qu'à l'époque la très grande majorité des gens ne savaient pas échanger par télépathie. Pour eux, cette idée relevait du charlatanisme le plus profond. Ils avaient donc créé, peu de temps avant le Grand Tournant, ce qu'ils appelaient des téléphones portables ou mobiles. Ces appareils permettaient de converser avec des gens, même très éloignés, en se servant des ondes radioélectriques, ce qui n'était d'ailleurs pas sans danger pour leur santé.

Shima se tourne à présent vers la droite et s'adresse à quelqu'un assis un peu en retrait, arrivé après le début de la réunion.

- Imodrane, toi qui as connu l'Ancien Monde, qu'est-ce qui a été, à ton avis, la principale cause du basculement vers notre monde actuel ?

- En effet, j'avais vingt ans lorsque les événements décisifs ont eu lieu, répond d'une voix ferme cette aînée, l'une des huit personnes témoins de l'époque d'avant dans la fédération locale.

Elle se tient bien droite sur son banc, ses longs cheveux argentés retenus en partie sur le haut de la tête par une pince jaune, le reste épousant la forme de son dos. Son visage est certes ridé, mais il rayonne de bonne santé et ses yeux noisette pétillent d'intelligence.

- C'est bien sûr fort complexe, j'y ai souvent repensé depuis. Il y aurait tant à dire ! A mon avis, il y a eu plusieurs causes : l'éveil des consciences comme le dit le film, dû aussi à la découverte de l'étendue des manipulations, de la corruption et de la censure ; la destruction systématique de l'environnement, l'arrogance des gouvernants agissant de plus en plus au profit des nantis et leur violence accrue envers le peuple, sans compter l'absurdité des mesures sanitaires, la destruction des sources de revenu de millions de gens, tout ceci se produisant de manière quasi-parallèle. Beaucoup de responsables faisaient aussi la sourde oreille depuis pas mal de temps aux revendications des populations, même les plus justifiées.

- Et pourquoi ils détruisaient l'environnement ? C'est absurde ! s'exclame Alio, un jeune adulte du village des Licornes.

- Bien sûr que c'était absurde ! Et, aussi, dangereux pour la survie des êtres peuplant la planète, reprend Imodrane.

Bien des gens d'alors se sont mobilisés pour infléchir les politiques environnementales de leurs pays. En fait, la destruction était causée par de très gros groupes industriels soutenus par de puissants intérêts financiers qui voyaient uniquement l'argent qu'ils pouvaient tirer dans l'immédiat d'un sol – par la monoculture, par exemple, ou en creusant pour trouver du pétrole ou d'autres ressources.

Elle pousse un profond soupir.

- Ils se fichaient des conséquences de leurs actes parce que leurs dirigeants n'avaient plus aucun lien réel avec Mère Terre. Ils manipulaient des graphiques, des projections mathématiques, de l'abstrait, quoi.

- Et comment tu as vécu cette phase de transition ? demande Jomour.

- Oh, elle a été très douloureuse !

Le regard d'Imodrane se perd un instant dans la bienveillante profondeur de la forêt toute proche.

- Tout a débuté à cause d'un virus qui est apparu un peu partout dans le monde. A la télévision, tous les jours, les nouvelles étaient plus alarmistes les unes que les autres et créaient sans cesse la peur. Il faut savoir que mon père était médecin, immunologue et professeur d'université. Très vite, à la maison, il nous a dit qu'il trouvait la tournure des événements incompréhensible : pour lui, il ne s'agissait pas d'une épidémie plus dangereuse que celle d'une grippe. S'y ajoutaient les déclarations contradictoires des gouvernants et, surtout, l'unanimité des médias sur la situation et la mise de la population en résidence surveillée – on ne pouvait plus se déplacer où on voulait ni comme on voulait. Ce consensus était bizarre. D'habitude, il y avait bien plus de controverses sur les sujets de société ! En outre, les mesures de restriction des libertés personnelles tombaient l'une après l'autre. Même les droits des médecins d'agir en âme et conscience pour soigner leurs patients étaient rognés.

Elle parcourt l'assemblée du regard. Tous paraissent statufiés.

- Imaginez-vous que nous, les jeunes adultes, on n'avait plus le droit de se rencontrer, de faire la fête ni de suivre nos cours à l'université. Rien ! Il n'y avait plus rien !

Le pire, pour moi, a commencé quand mon père a pris la parole publiquement pour dénoncer la politique suivie, les abus de tous ordres et le manque de déontologie de certains de ses confères.

- Et pourquoi ? s'exclame un des jeunes, les yeux arrondis de stupéfaction.

Imodrane se redresse sur son siège et prend une profonde inspiration.

- Eh bien, il a été aussitôt attaqué de tous les bords et calomnié – par les grands médias, de nombreux collègues, même des membres de notre famille. Pour finir, son université l'a congédié et on lui a retiré le droit d'exercer. Tout s'est effondré autour de nous. C'était un homme droit et sensible. Il n'a pas supporté… et il s'est suicidé… en prenant un cocktail mortel de médicaments.

Un silence gris et gluant s'installe, avant qu'elle ne reprenne :

- Nous avons dû déménager dans une autre ville pour nous protéger. Ma mère est tombée malade avant de décéder, à peine deux ans après mon père. Il ne restait plus que mon frère et moi. Peu à peu, nous avons trouvé nos voies en œuvrant avec d'autres à construire un monde différent. Le chemin a été long et pas toujours évident parce que la société a été partagée pendant des années en deux camps – ceux qui souhaitaient le changement et ceux qui résistaient à tout prix.

Un moment de sidération suit ces révélations.

- J'aimerais ajouter quelque chose, fait une voix masculine.

Tous les regards se coulent vers l'endroit d'où elle provient. C'est Ridja, qui vient juste d'arriver, lui aussi un des aînés qui ont connu l'Ancien Temps. Il s'assoit et poursuit :

- Pour moi, il y a eu un phénomène très important, c'est que les gens de l'époque du Grand Tournant ont soudain compris à quel point ils disposaient d'un véritable pouvoir personnel. Jusqu'alors, toutes les institutions, l'école, la religion leur faisaient croire qu'ils étaient petits et impuissants.

- Mais c'est affreux, s'exclame une femme du village des Bleuets, aussi membre de la fédération locale.

Ils pouvaient être heureux comme ça ?

- Pas souvent, je pense. J'avais quinze ans à l'époque, je me rappelle bien qu'il fallait toujours obéir à quelqu'un, sinon on était puni ! Pas seulement les enfants, mais aussi les adultes.

Ses mots résonnent avec force sous les arbres.

- Ce que je voulais ajouter, c'est que tout d'un coup, les gens ont découvert qu'en éliminant au fur et à mesure les empreintes négatives de leur champ énergétique et en conjuguant leurs efforts dans le respect mutuel, ils pouvaient totalement révolutionner la société. Et c'est ce qui s'est passé ! Toutes les vieilles structures se sont écroulées les unes après les autres.

Les regards effarés convergeant vers Ridja montrent à quel point l'ancien univers est éloigné de leur réalité.

Une jeune fille lève alors le doigt :

- C'était quoi, cette voix qui parlait dans l'obscurité ? Je ne l'ai pas trouvée si intelligente que ça, elle n'a dit que des évidences !

- Tu as raison, vu d'aujourd'hui, répond Shima.

Ce sont des évidences parce que nous savons tous être à l'écoute permanente des signaux de notre corps et de la Terre pour savoir ce qu'il convient de faire. A l'époque, rares étaient les humains qui l'avaient compris. Donc, cette voix décharnée, c'était un peu l'appel de leur conscience supérieure qui s'éveillait et que certains se sont ensuite mis à propager au grand jour. Une révolution de la pensée dominante à l'époque, du moins chez les civilisés !

Youndi, un des jeunes qui se préparent à devenir gardiens de la mémoire, se manifeste aussi :

- Dans le film, on a parlé plusieurs fois de *pays*. Est-ce que tu peux expliquer, je ne capte pas trop.

- Les pays, c'était les entités qui ont précédé nos fédérations. Sur un territoire, en général assez vaste, vivaient des gens qui parlaient la même langue et avaient grosso modo les mêmes habitudes de vie et de pensée. La grande différence d'avec nous, c'est qu'ils se considéraient propriétaires de ce territoire et qu'ils étaient dirigés par une personne, souvent un homme, ou un petit groupe, qui imposait ses règles à tous les habitants du territoire. Cela a entraîné de multiples guerres, certains chefs cherchant à accroître la surface de leurs territoires en attaquant leurs voisins. Leur ego était prêt à tuer tous ceux qui s'opposaient à ces prises de contrôle.

Yasha sourit discrètement – décidément le pédagogue n'est jamais très loin chez Shima !

- Si tu veux, propose celui-ci à Youndi, je pourrais t'expliquer plus en détail, il y aurait encore énormément de choses à dire, mais cela irait trop loin pour aujourd'hui. Passe donc me voir un de ces jours !

Youndi acquiesce d'un signe de tête. Liliana lance maintenant :

- Qu'est-ce que c'était la monoculture ?
- Excellente question, répond Shima, toujours de bonne humeur.

Pour faire simple, ça veut dire une seule culture. Figurez-vous que pendant près d'un siècle, nos ancêtres ont eu la bizarre idée de ne faire pousser qu'un seul type de plante sur la même grande étendue. Par exemple, rien que du blé ou des choux ou du maïs. Et ce, une année après l'autre.

Litou, le chef jardinier de la fédération, interrompt :

- Pas de rotation des cultures, pas d'associations de plantes, pas de compostage et paillage ?

Shima secoue la tête.

- Non, rien, sauf l'apport d'engrais synthétiques pour ralentir l'épuisement des sols. Ce qui a, bien sûr, entraîné la pollution des nappes phréatiques et de l'air – et favorisé l'érosion. Sans compter que la qualité des aliments en a nettement souffert !

Litou, perplexe, regarde Shima d'un air consterné.

- Ils étaient fous !
- Tu peux le dire, s'exclame Shima.

Enfin, la plupart des agriculteurs. Pas tous. Certains ont réagi par ce qu'ils appelaient une agriculture biologique. C'est d'ailleurs à cette époque qu'est née la permaculture, qui a servi de base à notre agriculture à nous. Et divers groupes ont repris une communication active avec la nature…

Les questions paraissent s'épuiser.

- Ce qui m'intéresserait, c'est de savoir si tu as jamais dit à des gens de l'Ancien Monde d'où tu viens ? l'interroge Jomour.

Shima rit.

- J'attends cette question depuis le début. Merci de la poser.

J'ai dit à deux-trois personnes tout au plus que je viens du futur – et cela, avec beaucoup de prudence.

Tous ses auditeurs sont suspendus à ses lèvres. Shima les regarde l'un après l'autre avant de poursuivre.

- Pourquoi ? Parce que je supposais qu'ils me prendraient sans aucun doute pour un charlatan, un imposteur ou un fou et qu'ils risquaient de m'enfermer dans une de leurs institutions.
- A qui tu l'as dit alors ? demande Molou.
- Seulement à ceux qui ont d'eux-mêmes reconnu ma différence. Deux sur trois étaient de vieux chamanes qui avaient l'habitude de voir par-delà la réalité du quotidien. La troisième personne était une femme très intuitive des pays civilisés. Quand ils m'ont demandé qui j'étais vraiment, j'ai su qu'ils étaient en mesure de comprendre.
- Et qu'est-ce qu'ils voulaient savoir ?
- Comment nous vivons, comment les gens se comportent les uns envers les autres, si nous faisons encore la guerre, si nous avons des robots. Ils m'ont vraiment bombardé de questions.

Shima rayonne. Jomour s'enquiert à nouveau :
- Et comment ont-ils réagi à tes réponses ?
- Je crois qu'une partie d'eux n'a pas pu croire totalement à mes explications. Pour eux, c'était comme un lointain idéal. Mais une autre partie était prête à adhérer à mes paroles et à me faire confiance. Celle-là était contente que leurs rêves se soient réalisés.
Ils étaient ambivalents, pris dans la contradiction entre désir et réalité de leur époque.
- Incroyable ! commente Youndi.

Le silence descend sur le *Cercle des Fées*, chacun laissant résonner en soi les paroles de Shima.

Déjà, la clarté du jour faiblit insensiblement. Le printemps est encore très jeune, même si les températures fort clémentes des derniers jours tendent à le faire oublier.

Les participants à l'échange rejoignent par petits groupes l'avant du *Pavillon* où s'attardent ceux qui ont quitté l'ombre des arbres pour profiter du soleil de cette fin d'après-midi. Les tables ont, elles aussi, été avancées près de l'entrée. Diverses boissons et une généreuse corbeille de fruits mûrs remplacent les plats du midi. Yasha choisit une eau fraîche au goût délicieusement citronné par un bouquet de mélisse. Jomour préfère une boisson fermentée.

Shima se glisse vers eux. Depuis le tournage du film, il a pris un peu d'embonpoint qui tend la gandoura blanche qu'il porte aujourd'hui.

- Alors les amoureux, comment ça va ?

C'est ainsi que Shima les salue toujours. Les amoureux sourient sans répondre. Yasha a l'impression qu'une légère pointe de jalousie perce encore dans les mots de son ex-amant.

Shima se fait maintenant lyrique.

- Quelle joie n'est-ce pas, de pouvoir toujours consommer des aliments de production locale ! Frais, goûteux, pleins de force vitale. C'est une des choses qui me manquent le plus quand je pars me balader au vingtième ou même au vingt-et-unième siècle !

- C'est vrai, dit Jomour, on n'y prête peut-être pas assez attention, c'est tellement naturel pour nous.

- Oui, et quand on pense qu'on arrive maintenant à produire même les fruits les plus exotiques sous toutes les latitudes ! continue Shima en se servant d'un beau kaki qu'il déguste en fin gourmet. Il poursuit :

- Nos serres, qui répondent à tous les besoins nutritionnels des plantes en termes de lumière, d'humidité, d'amour, de variété biologique et de qualité des sols, sont vraiment une magnifique avancée.

Shima se tourne vers Yasha :

- Est-ce que tu savais que nos ancêtres d'avant le Grand Tournant trimbalaient les aliments d'un bout de la planète à l'autre, notamment par avion et par bateau ? Ils étaient vraiment dingues. Comme si on ne pouvait pas produire localement tout ce dont on a besoin !

Yasha répond par un hochement de tête et un sourire. L'alimentation est un des grands dadas de Shima et elle n'a aucune intention de se laisser entraîner dans une interminable digression.

Yasha et Jomour quittent bientôt Shima et bavardent encore un moment avec les uns et les autres. Un élan conjoint qui n'a pas besoin de paroles leur fait prendre congé. Clin d'œil de connivence de part et d'autre. Main dans la main, ils rentrent sans hâte vers leur maison, humant l'air qui fraîchit et ressentant à plein la vitalité du sol. Le babil des oiseaux se fait plus rare, les ombres s'allongent au sol. Quelques animaux flânent à l'orée des bois, par-delà les zones de culture, et regardent passer les humains sans la moindre crainte.

A leur arrivée chez eux, la porte les reconnaît et s'ouvre automatique-ment. Contrairement à ce qu'imaginaient les ancêtres d'avant le Grand Tournant, les robots n'ont pas envahi la vie de tous les jours. Ce serait faire injure aux ressources quasiment illimitées de l'être humain et le priver de tant de champs d'expression et d'expérimentation !

Quand robots il y a, dans les domaines techniques ou scientifiques, ils sont d'une intelligence bienveillante toujours au service de l'humanité. Jamais ils ne penseraient à supplanter les humains ! En effet, l'idée de domination de certains par d'autres a depuis longtemps disparu de la conscience planétaire.

Jomour et Yasha s'affairent dans la cuisine à préparer un plat léger et nourrissant à partir des produits issus des terrains et serres de la fédération locale ainsi que de leur jardin. Quel immense plaisir il y a à ressentir la force vitale de chaque légume et de chaque plante qui s'offre à les nourrir ! Puis ils dressent la table dans le jardin d'hiver qu'illuminent déjà les rosés du couchant avant d'allumer le feu dans la cheminée du salon attenant. Pareils aux danseurs d'une chorégraphie bien rôdée, ils accomplissent ces actes de la vie quotidienne dans une tendre harmonie de corps et d'esprit. Pendant le repas, le silence s'installe, moelleux, rond, généreux, où vibre l'énergie de tous les êtres – humains dans leurs maisons, animaux, plantes et, aussi, énergie du sol et du ciel. Une vraie symphonie universelle !

Yasha et Jomour communiquent sans mots au cours du repas, une manière rapide d'échanger que les humains affinent désormais dès leur plus jeune âge et qui leur apprend à maîtriser leurs pensées.

Passés au salon, ils se blottissent l'un contre l'autre sur le canapé devant les flammes dansantes. Par-delà la coupole, la nuit a entièrement enveloppé le monde. C'est bon d'être ainsi au chaud avec l'être aimé, entourés de tableaux, sculptures et objets proches de leurs cœurs ! Œuvres plutôt réalistes de Jomour et abstraites de Yasha, cadeaux d'amis et de proches.

Dans la douce quiétude du soir, un besoin d'expression monte en Jomour comme une bulle vers la surface de sa conscience.

- Alors, chéri, comment a été cette journée pour toi ?

Il sourit, heureux de la fine écoute de sa compagne.

- Oh là là, ça a été du lourd ! soupire-t-il, affecté par les révélations des dernières heures.

Yasha se tait. Il reprend :

- Certains aspects du film me font mieux comprendre les maux qui affectent encore notre société. Même après avoir aidé tant de gens depuis des années, je crois que je n'avais jamais vraiment mesuré l'ampleur de la violence exprimée et immanente des sociétés d'avant.

Il réfléchit quelques instants avant de poursuivre.

- C'est quand même incroyable que nos ancêtres aient supporté tant de violence pendant des centaines, voire des milliers d'années ! Qu'est-ce que tu en dis, toi, l'historienne-gardienne de mémoire ?

Une interrogation que Yasha connaît bien, la sienne et celle des innombrables personnes pour lesquelles elle a parcouru le passé au cours des quarante dernières années.

- Eh bien, à toutes les époques concernées, certains se sont rebellés contre la tyrannie de leurs dirigeants, l'injustice et l'arbitraire des décisions. Malheureusement, le niveau général de conscience était trop faible pour amener une transformation radicale des mentalités, même s'il y a eu des périodes plus fastes. Et la violence immanente, comme tu l'appelles, savait se nourrir d'inventions de toutes sortes pour mieux asseoir ou maintenir son emprise.

Ils soupirent de concert, le regard perdu dans les flammes. Jomour se dégage de leur étreinte pour s'appuyer au dos du canapé. Les bras autour de ses genoux repliés, il reprend :

- Il y a une remarque de Shima qui ne me quitte plus depuis tout à l'heure.

- Ah oui, et laquelle ?

- Quand il a parlé de la relation hommes-femmes et dit qu'elle était très malsaine parce que les hommes méprisaient les femmes mais étaient dépendants d'elles pour naître. J'en ai le vertige !

- Je sais, et encore, Shima n'a pas dit à quel point les hommes ont utilisé les femmes pour satisfaire leurs pulsions sexuelles sans se préoccuper de ce que, elles, voulaient ou pas. C'est toute la thématique des viols et de l'inceste de l'ancienne société... Pendant des siècles, elle a été passée sous silence.

Yasha repense à toutes les scènes découvertes au cours de ses explorations avant d'ajouter :

41

- Non seulement elle a été tue, mais, en plus, on a longtemps considéré que c'était normal !
- Révoltant !
- S'y rajoute ce qu'on a appelé le devoir conjugal, comme tu le sais sans doute, poursuit Yasha d'une voix sourde. Une violence institutionnalisée dans ce qui est le plus intime des relations humaines !

Toutes les fibres du corps de Jomour se rebellent à cette pensée. Après un temps il ajoute :
- Oui, je sais… Quand j'accompagne les gens et qu'on fait un travail de nettoyage de leur champ énergétique, je découvre souvent des problématiques sexuelles dans le passé de leurs familles qui expliquent leur mal-être actuel en dépit de notre évolution. Malgré tout, vu le nombre d'habitants de cette planète, je pensais que c'était des cas assez fréquents, certes, mais isolés. Maintenant, il est évident que c'était systémique ! Et ça, c'est terrifiant.
- Oui, d'autant qu'il y avait aussi l'envers de la médaille, la haine ou le mépris des femmes envers les hommes. Cela a souvent entraîné des violences verbales, psychologiques et même des meurtres… Sans compter les enfants, qui en étaient les victimes collatérales avant de perpétuer eux-mêmes ces schémas !
Il faut savoir que certaines femmes ont, elles aussi, abusé des hommes et dire que les humains d'autrefois avaient des pulsions sexuelles beaucoup plus intenses que nous. La plupart d'entre eux ne savaient pas transformer cette énergie autrement que par l'acte sexuel. Sauf certains sages…

Jomour se lève, va prendre un verre d'eau à la cuisine et revient, l'air pensif.
- Je me demande en ce moment si c'était une bonne chose, tout compte fait, de nous montrer ce film ! Il ravive plein d'aspects négatifs de la vie sur Terre dans l'Ancien Monde !
- On a effectivement discuté de cette question dans les conseils au moment du montage du film, c'était important ! Mais on s'est dit que nous, on n'est pas du tout au même niveau énergétique que nos ancêtres ! C'est sûr qu'aujourd'hui la plupart des gens ont découvert des

façons d'être et de vivre qu'ils ne soupçonnaient pas et qu'elles ont dû les choquer. D'un autre côté, on peut difficilement imaginer que quelqu'un ait envie de redescendre à ce stade !

- Sans doute as-tu raison... Pour un choc, oui, c'en était un ! A la fin du film, je n'avais qu'une hâte, c'était sortir, respirer l'air pur et sentir le soleil sur ma peau. Ressentir aussi l'harmonie qui règne entre nous tous et mon amitié avec Sinja, Manpé et Douli. Ils étaient sonnés, eux aussi. On a un peu échangé tous les quatre, puis je suis allé me ressourcer dans la forêt derrière le *Pavillon*. Là, je suis resté un bon moment adossé à notre chêne préféré. Ça m'a vraiment fait un bien fou de renouer avec sa vitalité et sa sagesse ! En revenant vers le *Pavillon*, j'ai d'ailleurs aperçu pas mal de gens qui faisaient de même.

Yasha écoute avec attention. Jomour a une telle force et une telle beauté intérieures ! Ses yeux se mouillent et un chant d'amour emplit son être. En écho, semble-t-il, Jomour poursuit :

- Pendant que j'étais avec le chêne, j'ai été envahi tout d'un coup de compassion et d'amour pour nos ancêtres, comme un immense pardon pour toutes les atrocités et bêtises commises. Après, je me suis senti mieux !

Il fait quelques pas dans le salon et, toujours debout, demande :

- Tu savais tout ça, toi ? Tous ces trucs moches du film ? Avant sa production, j'entends.

Yasha acquiesce en silence.

- Et comment tu fais pour supporter toutes ces horreurs ?

Il est profondément affecté. Preuve de son attachement à la femme avec qui il partage la majeure partie de sa vie.

- Comment je fais ? Je ne sais pas trop. D'une part, comme je te l'ai souvent dit, mes enquêtes de mémoire sont toujours une aventure. Ça, c'est grisant. Et puis, j'ai ce don particulier que je suis heureuse de mettre à la disposition de tous. Enfin, ce que le film ne fait peut-être pas assez ressortir, explorer le passé amène à plein de découvertes fascinantes, dont beaucoup sont positives.

- Ah bon, par exemple ?

- Si j'en ai envie, je peux voir Léonard de Vinci composer La Joconde, assister au moment où Newton découvre la formule de la gravité ou

celle où Einstein élabore sa théorie de la relativité. Voir naître la Renaissance ou œuvrer Mozart. Percevoir tout ce qui les habite. Tout ça est absolument merveilleux ! J'adore aussi m'atteler à ce qu'on appelait les secrets d'Etat et dénouer l'écheveau de mensonges qui les entourait pour mettre au jour la vérité. Tu n'imagines pas combien c'était tordu !

Elle a un rire bref.

- Je découvre aussi par ce biais comment fonctionnait la psychologie des humains aux diverses époques. Et ça, c'est passionnant !

Yasha marque un temps d'arrêt, le regard dans le lointain, avant de reprendre :

- Malgré toutes les recherches accomplies, il y a encore tant d'inconnues dans les replis du passé. Surtout que je vis les événements comme si j'y étais. Rien de théorique dans cette démarche !

- Si je comprends bien, tu fréquentes les grands et les puissants du monde d'avant, fait Jomour en riant. Tu ne m'avais jamais dit !

- En partie, et ça peut être grisant, en effet, concède Yasha avec un mince sourire, même s'ils ne perçoivent jamais ma présence aussi clairement que moi la leur. Tu sais, la volonté de domination et l'orgueil de ces personnages nous sont maintenant si étrangers que je me sens souvent mal à leur contact.

A vrai dire, je préfère assister aux instants où des inconnus s'éveillent à une conscience plus affinée du monde, où les gens s'associent et s'entraident pour faire face à une calamité, où des enfants s'émerveillent de la beauté du monde. Ou quand j'observe les cycles de lavie appelée *sauvage* par nos ancêtres.

Jomour contemple Yasha avec une tendre admiration dans le regard.

- Tu m'étonneras toujours, ma chérie. Je crois que je commence à mieux prendre la mesure de ton travail. Tu es très forte, conclut-il en reprenant place près d'elle.

Yasha hausse les épaules.

- Chacun son truc au service de tout le monde, comme tu le dis souvent ! Toi, ta force, tu la mets au service de la communauté d'une autre manière. Tu écoutes, tu guéris, tu accompagnes. Ce n'est pas toujours

facile, je le sais. Et partout où tu vas, les gens t'applaudissent et te sont reconnaissants, souligne Yasha.

Jomour hoche la tête avec un petit sourire, puis demande :

- Je suis curieux de savoir si le film t'a apporté quelque chose aujourd'hui puisque tu l'avais déjà vu.

- Oh oui ! On l'avait visionné, mais sur petit écran. Et puis, on était à la recherche de défauts de montage, d'incohérences, etc. On était à la fois spectateurs et acteurs, si tu veux. Aujourd'hui, je me suis contentée d'être spectatrice. C'est très différent, dit-elle, pensive.

Pour en revenir à ta question, ce qui m'a le plus frappée cette fois-ci, c'est la peau souvent un peu grise des gens dans les villes, leur air absent d'eux-mêmes et aussi la densité de l'atmosphère. Même la différence, à la fin du film, entre la terre cultivée dans le respect de la nature et ce que nous connaissons aujourd'hui.

Yasha marque un temps d'arrêt, sûre de son effet :

- Est-ce que tu as par exemple remarqué que le lieu où nous a emmenés Shima tout à la fin du film est l'exact endroit où nous vivons maintenant, toi, moi et le reste de notre fédération locale ? Tout l'écosystème a changé entre-temps et remodelé de fond en comble le paysage. Incroyable, non ?

Jomour reste sans voix.

- Incroyable ! commente-t-il.

- Tu es sûre ?

- Oui, à cent pour cent.

- Ça alors !

Le silence s'installe. Chacun se perd dans ses pensées. Dehors, le vent se lève tandis que des gouttes de pluie se mettent à danser sur l'éverit de la coupole, comme pour mettre le point final à une très longue journée. Les corps se relâchent dans la chaleur des flammes.

Yasha dénoue ses longs cheveux et bâille.

- Je crois que…

Sans attendre la fin de sa phrase, Jomour la soulève de ses bras vigoureux et l'emmène jusqu'à la chambre où il la dépose tendrement sur le lit.

Yasha se laisse faire, tout sourire.

- Voilà, Madame va pouvoir se reposer, proclame-t-il avec une défé-rence affectée.

Yasha éclate de rire et lui saute au cou avant de disparaître dans la salle de bains attenante. Quand elle en ressort, Jomour est sagement couché sous les draps étincelants de blancheur et fait mine de dormir. Un soup-çon de sourire dément les apparences.

Yasha le rejoint, heureuse qu'une nouvelle nuit d'amour les attende, cette exquise communion qui ouvre encore et toujours la voie vers le plus sacré de la vie...